午後の曳航

午後的曳航

三島由紀夫

徐雪蓉 譯

目錄
contents

第一部　夏

第一章

母親說了聲晚安，就從小登的房門外上了鎖。萬一失火怎麼辦？她保證會立刻開門。要是木材燒熱、膨脹，塗料堵住了鑰匙孔，又該如何？從窗戶逃命嗎？但窗底下是石板地，況且這棟建築物又瘦又長，二樓更是高得要命。

一切都是小登自做作受；是從「老大」找他，半夜偷溜出去那次開始的。不過，無論母親怎麼問，他都沒說出老大的名字。

這幢父親生前所建、位於橫濱中區山手町谷戶坂[1]的房子，在美軍占領期曾被接管、改建，二樓各個房間都備有廁所，即使被關在裡面，也沒有什麼不便。然而，對一個十三歲的人來說，卻是相當屈辱的事。

事情就發生在某個小登獨自看家的早晨。氣得發瘋的他開始仔細察看整個房間。與母親臥室相連的部分，是個固定的大抽屜櫃。他拉出全部抽屜，把塞滿其中的衣服全倒在地板

1 神奈川縣橫濱市中區山手町上的坡道名。

上。等他終於發洩完，忽然發現從其中一個抽屜的格子裡射出一束光線。

他探頭進去確認光線的來源。從海面反射而來的熾烈陽光，充斥了初夏上午、母親外出後的房間。他蜷起身子，慢慢鑽進抽屜格子的深處。即使是大人趴著，應該也能進到腹部的位置吧。

他從偷窺孔所見的母親房間，有種異樣的新鮮感。

左邊靠牆擺著一對紐奧良風、光澤閃耀的黃銅單人床，那是依父親喜好，從美國買來的，在他死後依然原封不動地放在那兒。白色床罩鋪得平整，上面用絨毛料繡著大而浮凸的K字——小登家姓黑田[2]——床罩上有一頂深藍色散步用草帽，綴著長長的水藍色緞帶。藍色電扇就放在床頭櫃上。

右側窗前是橢圓形的三面鏡，鏡面隨意闔上了，從縫隙間看進去，鏡子的稜角銳利如冰。各式古龍水瓶、噴式香水瓶、紫色收斂水瓶，以及有著晶亮切面的波西米亞玻璃粉盒，一一擺放於鏡前……深咖啡色的蕾絲手套揉成一團，就像一把乾枯的杉葉。

長椅、立燈、兩張椅子和一張精巧的小桌子依窗排列在梳妝臺對面。尚未完成的木質羅紗繡框斜立在長椅上。這種手工藝時下並不流行，母親卻樂此不疲。從這兒看去看不太清楚，隱約可見銀灰色底上的花俏圖案，是繡了一半的鸚鵡翅膀。一雙質料輕薄的膚色絲襪，隨意扔在一旁仿錦緞的長椅上。光這樣就讓整個房間蕩漾著微妙而浮躁的氛圍了。一定是母親出門前發現絲襪綻了線，匆匆換穿了另一雙吧？

窗外只見耀眼的天空，和幾朵因大海反射，如琺瑯質般堅硬、光彩的雲。

這實在不像平日所見的母親房間，彷彿是在偷窺某個陌生女子外出後的香閨。但它確實是女人的房間，各個角落都充滿女人味，還飄散著冷清的餘香。

……突然，小登意識到一件詭異的事。

這個洞是自然形成的嗎？又或者，過去某段時期曾有幾戶占領軍家庭共棲於此，然後……

他想像曾有個金髮濃密的傢伙，比此刻的他更憋屈地擠在這充滿塵埃味的抽屜格子裡。霎時，侷促的空間變得臭不可聞。

他扭動身軀，屁股朝外地往後退，一出來就直奔隔壁房間。

當時的奇妙印象，也令他難以忘懷。

但實際進來時，已和剛才洞中所見的神祕香閨大異其趣，又回到他熟悉的、母親那單調

2　黑田的日文發音是Kuroda。

而無趣的房間了。是夜晚放下手邊刺繡，邊打呵欠邊教他功課的房間；是時常咕噥、嘮叨的房間；是斥責他領帶從不曾弄正過的房間；又或者，是說「別再藉故看船跑來媽媽這兒，你已經不小啦」的房間。

更是從店裡拿回帳本研究，再不然，就是對著面前的報稅單托腮發呆好久的房間。

小登試著從這邊觀察。

實在很難找到在哪兒。

牆壁的腰板上方是一條古色古香、作工精緻的木雕。木雕花紋連綿起伏，宛如波浪。仔細看才發現洞孔就巧妙隱藏在其中一個重疊的浪濤之間。

——於是他又連忙跑回自己的房間，快速疊好散亂的衣物按原樣收回，再把每個抽屜都牢牢闔上。他暗自發誓往後絕不再輕舉妄動，以免大人發現它的存在。

從那時起，每當母親嘮叨不休的夜晚，一被關進房裡，他就會小心翼翼，不製造半點聲響地拉開抽屜，盡情飽覽她睡前的樣子。若當晚母親溫柔相待，他就不會這麼做。

於是，小登得知，即使襖熱難眠的夏夜尚未來臨，母親有在睡前一絲不掛的癖好。穿衣鏡放在視線不及的角落，假如離鏡子太近，就很難看見她全身赤裸的樣子。

母親年方三十三歲，因常年參加網球俱樂部，身材纖細，勻稱有致。她習慣全身擦了香水入睡，偶爾斜坐鏡前，眼神如熱病患者迷濛空茫。手指的香氣，連身處這邊的小登也聞得到。偶爾，塗滿紅豔蔻丹的手指定住不動，會讓小登誤以為正在流血，而感到一陣悚然。

出生以來，這是他第一次這麼近距離地端詳女體。

她的肩膀如海岸線，線條從左右兩側優美、流暢地向下。頸子與手臂因日曬而略黑，但自胸部起，宛如從內部打光似地，透出溫潤的白，像塗了薄薄的乳膏，是一片純淨無染的領域。原本平緩的斜面到了乳房倏忽隆起，雙手一捻，葡萄色的乳頭便傲然挺立。腹部因呼吸而隱約起伏，上面有妊娠紋。之前小登就從父親書房的書架上高不可攀之處，取出一本沾滿塵埃的紅皮書，對此事好生研究過了。書名的那一側朝內擺放，藏在《四季花草栽培》與《微型公司概覽》之間。

然後，他看見那塊黑色的區域，卻無論如何也看不清。太費力之故，連眼角都發疼……即使搜尋了一切猥褻的詞彙，也無法撥開那片密林，深入其中。

或許就像朋友說的，那裡是個可悲的空屋吧。而這個事實和我自身世界的空洞之間，又有什麼關聯呢？

十三歲的小登堅信自己是天才（全體同伴都對此深信不疑）。他還確信世界是由幾個單純的符號與決定所建構的；人一出生，死亡就牢牢扎根了，我們只能灌溉它、孕育它；生殖是虛構的，社會也是虛構的；父親、教師等人身負重罪，全是因為他們的角色。因此，八歲喪父對小登來說，反而是幸運且足堪誇耀的事。

全身赤裸的母親在月夜下熄了燈，往穿衣鏡前一站！如此幻惑的感覺，奪走了小登是夜的睡眠。在柔和的光影下，極致的猥瑣向他展現。

他想，假如我是阿米巴變形蟲，或許就能用極小的肉體戰勝這猥褻吧。人類那半調子的、不上不下的肉體，根本無法打敗任何東西。

夜裡，汽笛聲有如夢魘，屢屢從敞開的窗子闖入。母親平靜安穩的夜晚，他可以不用看這些入睡，取而代之，會在夢裡相見。

小登向來以冷酷自居，連夢中也不曾哭泣。他的心猶如巨大冷硬的鐵錨，抵抗著大海的侵蝕。和那些苦苦糾纏著船底的富士壺貝類與牡蠣不同，他將自己飽經淬鍊的身軀，冷然地沉入堆積在港邊淤泥裡的空瓶、橡膠製品、舊鞋子、缺齒的紅梳子和啤酒瓶蓋之中……他夢想有一天能在自己的心臟刺上鐵錨的圖案。

＊

……暑假即將結束時，母親最不平靜的夜晚來臨了。

那一夜，毫無預警地驟然而降。

傍晚時分母親就出門去了。說是要招待二等航海員塚崎先生吃晚餐，以答謝他前一天在船上熱情地接待小登。母親在胭脂色內衣外穿上黑色絲綢、蕾絲面料的和服，繫上一條白色的針織鏤空腰帶，模樣美得無法比擬。

大約晚上十點，她帶著塚崎回家。小登上前迎接，在客廳聽著微醺的船員講述海上經歷。十點半，母親說你該睡了，便把他趕進臥房，從外面上了鎖。

那是個悶熱難當的夜晚，抽屜裡更是悶得無法喘息。小登一心一意地等待，以便隨時都能鑽進去。直到十二點過後許久，才聽見他們躡手躡腳地上樓來。門把在黑暗中詭異地轉了一下，確認是上了鎖的。以前從來不曾如此。不久，聽見母親房門打開的聲音，他立刻將自己汗涔涔的身體擠進抽屜格子的深處。

小登清楚看見一扇打開的玻璃窗上反射著南移的月光。二等船員倚窗而立，肩上繡著金絲徽章的襯衫，胸前是敞開的。母親背對著小登朝他走近。兩人在窗邊擁吻良久。

母親撫弄著男人的襯衫鈕釦，低聲說了些什麼。接著，捻亮光線柔和的立燈，向小登這邊後退了些。衣櫃放在偷窺孔視線不及的角落，母親開始在衣櫃前寬衣解帶。腰帶鬆開的聲音像蛇發出的尖銳威嚇，軟料子和服的墜地聲也感覺近在咫尺。當她愛用的浪凡光韻香水突然傳到洞口附近時，小登才首次發現：從悶熱的夏夜裡走來，微醺又香汗淋漓的母親褪下衣衫時發出的香氣，竟是這般濃烈而芳醇。

窗邊的二等船員目不轉睛地凝視這個方向。在立燈的映照下，那曬得黝黑的臉上，唯有眼睛閃爍著光芒。

小登常用那盞立燈量身高，所以看得出他的高度。絕對不到一百七十公分，最多一六五或再高一點點吧。他不是個身材高大的男子。

塚崎慢條斯理地解開襯衫鈕釦，脫掉身上的衣物，隨手扔在一旁。

他與母親年紀相仿，卻比陸地上的男人年輕健壯許多，有著一副大海鑄造的體魄。寬闊的肩膀氣勢十足，有如寺院飛翹的屋頂。濃密毛髮覆蓋的胸膛高高隆起，胸前糾結賁張的肌肉宛若緊密交纏的瓊麻麻繩，又好比穿著能隨時俐落脫下來的人肉盔甲。接著，一尊耀眼光潤的佛塔，從他下腹部濃密的黑森林中傲然聳立，讓小登看得目瞪口呆。

微弱的光線從側面照在他厚實的胸膛上，灑落著細膩陰影的胸毛因呼吸而高低起伏。眼裡閃爍的危險光芒，不斷射向寬衣中的母親。背後的月光在他架式十足的肩膀投下一縷金色的稜線。粗大的頸動脈已膨脹成金色。那是真正的肉體黃金；是月亮與汗水的光澤打造的黃金。

母親寬衣費了好些時間。或許她刻意如此。

突然，汽笛聲全面湧進敞開的窗子，充斥了微暗的房間。那是來自大海的呼喊，承載著巨大的、無邊的、黑暗的、無奈且悲哀的、無依無靠的、如鯨魚背脊黝黑而滑膩的，關於海潮的所有情思，千百次的航行記憶，以及一切歡喜與屈辱。洋面與大海中央傳來的氣笛，是對這小房間裡幽暗花蜜的憧憬，它趁著夜晚的輝煌與極度的顛狂，登堂入室。

二等航海員霍然轉身，目光朝向大海。

——出生以來一直壓抑在心底的東西，此刻已舒展無遺；小登覺得自己見證了奇蹟的瞬間。

汽笛傳來之前，那仍是一幅不確定的圖像。萬事俱備，全都朝向這個千載難逢的瞬間，精選的原料也一無所缺，但仍缺乏足夠的力量，把堆放著這些駁雜的現實材料的倉庫，瞬間化為美麗的宮殿。

就這樣，汽笛聲成為關鍵的一筆，讓一切在剎那間臻於完美。

之前，那裡確實什麼都有了：月光、熱烈的海風、汗珠、香水、成熟男女的裸體、航海的足跡、世界各海港的記憶、指向該世界的小而悶窒的偷窺孔、少年冷硬的心……那些像是紙牌的散亂元素，當時還沒有意義。拜汽笛所賜，它們在一瞬間獲得宇宙性的關聯，讓他瞥見那串起他與母親、母親與男人、男人與海、海與他之間的緊密連環。

呼吸困難，流汗，恍惚讓小登幾乎昏厥。此刻，他眼前有一連串的線條，刻畫出神聖的造型。它絕不能被破壞。因為，那或許是這個十三歲少年創造的世界。

在夢與現實之間，小登如是想：

「不能破壞它，否則世界將毀滅。為了不破壞它，我什麼壞事都幹得出來。」

第二章

在陌生的黃銅床上醒來，讓塚崎龍二嚇了一跳。隔壁床是空的。然後他才想到女人睡前說：明天要早起叫小孩起床到鎌倉的朋友家游泳。小孩一出門就會立刻回房來，你先一個人待著。

摸索床頭櫃上的手表，透過半遮光窗簾的光線看時間。差十分鐘八點。小登一定還沒出門。

大約睡了四個鐘頭。平時，現在才是值完夜班正要睡覺的時間，這次卻不小心睡著了。儘管睡得少，眼睛仍炯炯有神，體內也因徹夜的歡愉，像上緊的發條強韌有力。伸了伸懶腰，雙臂環抱胸前，他很滿意自己看到的：健壯手臂上捲曲的毛髮在窗簾的光線下閃爍著金色的光芒。

才上午就已襖熱難當。是將窗戶全開著入睡的，此刻窗簾紋風不動。龍二又伸了一次懶腰，按了床頭櫃上的電風扇開關。

「二副，十五分鐘後開始守衛。」

剛才夢中清楚聽見舵手的呼叫。接下來每天中午十二點到下午四點，午夜十二點到清晨四點，都是二等航海員的執勤時段。眼前一切都是大海與星空。

在洛陽丸這艘貨船上，龍二向來被視為難相處的怪胎。聊天打屁是船員唯一的樂趣，用術語來說就是「搖肩」。但，無論話題是女人、陸地或各種天花亂墜，他都沒有半點興趣。總之，他厭惡那種藉由互相取暖，驅趕孤獨，以確認情感羈絆的形式。

許多船員因為喜歡大海而跑船，但對龍二而言，比較精準的說法是他討厭陸地。從商船高校畢業，開始航行之際，占領軍才剛解除對於外商船隻的禁令。於是，他就搭著戰後首批外商船隻前往臺灣、香港，還遠航到印度與巴基斯坦等地。

熱帶景物為他帶來滿心歡喜。一上岸，原住民小孩就抱著滿懷的香蕉、木瓜、鳳梨、色彩鮮豔的小鳥、小猴子，來和他交換尼龍襪與手表。他熱愛投影在泥河上的孔雀椰林，甚至覺得自己深受椰子吸引，可能因為是前世故鄉的植物。

然而，幾年過去，異國的風土民情已不再吸引他。

他養成了本質上既不屬於陸地亦不屬於大海的、特殊的船員性格。但，厭惡陸地的人或許應該永遠待在陸地上，畢竟一離開陸地，長期過起航海生活，那麼不管願意與否，都將再對陸地心生眷戀。如此，也就犯了憧憬自身厭憎之物的矛盾。

龍二討厭陸地不動的特質與恆久的外觀。問題是，船又是另一個牢籠。

這是他二十歲時熱切夢想的東西：

「榮耀！榮耀！榮耀！那是我與生俱來的。」

但當時想要怎樣的榮耀，什麼榮耀才適合自己，他其實毫無概念，只一味相信在世界的陰暗深處，有一線光明是特別為他預備的；只為了照亮他一人而靠近。

愈想就愈覺得為了得到榮耀，顛覆世界是必要的。或者顛覆世界，或者得到榮耀，二者擇一。他期待著暴風雨來襲，但航海生活只教會了他規律的自然法則，以及動態世界的復原力。

他依照船員的習慣，日復一日在船艙月曆的數字上打×，一一檢視自己的希望與夢想，然後，又逐一抹去。

深夜值班時，在遠方湧漲的海潮裡，龍二有時會覺得自身的榮耀像夜光蟲群聚、發光，靜靜地蜂擁而上，鮮明照亮他在絕望世界頂端的英姿。

在白色掌舵室裡的舵輪、雷達、傳聲筒、磁氣羅盤，天花板垂吊的信號鐘包圍之下，那時，他還能保有如此的信念。

「我一定有自己專屬的特殊命運。一種閃耀的、獨特的，世間尋常男子絕不被允許的生命。」

此外，龍二還喜歡流行歌，帶了不少新唱片上船，航海期間已全都背熟了。他常在工作的空檔哼唱，但一有人靠近，就會閉上嘴巴。他很喜歡水手之歌（自恃甚高的船員排斥這類歌曲），其中最鍾愛的是〈無法不跑船〉。

汽笛鳴響，切斷束帶
輪船駛出了港口
我天生是海上男兒
向遠去的海街
輕輕揮手，熱淚盈眶

日班結束到晚餐前，他總會獨自待在灑滿夕陽餘暉的船艙裡，調低音量，重複播放這張唱片。那是為了不讓人聽見，以免他們聞聲而來。但那些喜歡閒扯淡的士官同事都懂，誰也不曾進來打擾他。

聽著歌，跟著唱，有時龍二會像歌詞內容，熱淚盈眶。孑然一身，別無牽掛的他會被

「遠去的海街」觸動而感傷，或許有些令人費解，總之，淚水會從難以防禦之處，從多年來置之不理的陰柔角落，直接流淌而下。

但眼淚終究也隨著現實中離開陸地而乾涸了。他輕蔑地望著棧橋、船塢，為數不少的人字起重機，以及倉庫的片片屋頂漸漸遠去。出發時熾熱的情感，在十幾年的航海經歷中已慢慢平息，換來的只有黝黑的皮膚和銳利的眼神。

他的生活重複著守衛，睡覺，醒來，守衛，再睡覺的節奏。盡量獨來獨往之故，讓他情感過剩，存款增加。他擅長觀測天候，對星象如數家珍，通曉繩索的保管與甲板區的日常雜務。當他益發能在漲潮的夜裡分辨大海的鼓譟和蠕動，熟悉熱帶地區耀眼奪目的積雲和珊瑚礁的七彩海色時，存款簿裡的餘額也隨之增加了。現下二等航海員裡存款高達兩百萬日圓，他是罕見的例外。

過去，龍二也曾享受過揮霍的快感。揮別童貞就是在初次航行暫泊香港時，學長帶他去的。對象是蜑家[3]的女子……

3 亦作艇家、水上人家，是香港、澳門、廣東、廣西和福建一帶，一種以船為家的漁民。因常年生活在船上，腳與陸地上的人略有不同，故在福建也被稱作「曲蹄」。

——龍二在黃銅床上抽菸，任由電扇把菸灰吹得四處飄散。他的眼睛瞇成細縫，似乎在把昨晚和初夜時快樂的質量，放在天秤兩端衡量。

於是他眼底浮現香港陰暗的碼頭，舔舐著岩壁的濃稠、汙濁的海水，許多接駁船隻的幽暗燈火。

夜泊在蜑家部落的無數桅杆與收摺起來的草編船帆對面，是香港市區高樓大廈的窗戶，與可口可樂高高閃爍的霓虹。對岸的五光十色蓋過了眼前微弱的燈火，漆黑的水面因遠處霓虹的輝映而有了色彩。

龍二和學長坐在接駁船上，中年女船家壓低船槳音量，緩緩滑進狹隘的水域。不久，來到水面上燈光聚集之處，幾間相連且明亮的女性房間隨之迫近眼前。

橫向排列，彼此相繫的小船，從三面圍成一個水上庭院。接駁船的尾艙板朝向這邊，上面插著祭拜土地公的紅綠紙旗，四周香煙繚繞。魚板形的遮雨棚內貼著花布，裡面設有一座以同樣布料布置而成的神壇，且無一不豎立著鏡子。當龍二等人搭乘的接駁船一一行駛而過，便遠遠映現在每個房間的鏡子深處。

女子們佯裝不知有人正在對自己品頭論足。寒冷中，有的勉強從被窩裡抬起頭，就像臉上塗了白粉的扁平人偶，有的膝蓋以下都包在被褥內，自顧自地用紙牌算命，紙牌背面華麗的金紅色圖案，在泛黃而細瘦的手指間閃逝。

「要選哪一個？都很年輕唷。」

學長說。龍二沒有回答。

生平第一次挑選女人那檔事，是在香港混濁的海面上發生的。千山萬水航行了一千六百海里[4]，才抵達這片小而汙濁的紅色海藻。昏暗的燈下，他感到異常疲憊與困惑。不過，那些女孩確實青春可愛。學長尚未開口，他就已經選好了。

換乘另一隻小船，一個膚色偏黃，沉默不語的妓女突然幸福似地笑了，龍二只好相信這幸福是他所帶來的。女人拉上花窗簾，遮閉了入口。

一切都在無言中進行。他因虛榮心而輕顫著，就像首次攀爬輪船的桅桿那樣。女人的下半身在棉被裡，猶如冬眠半睡半醒的小動物緩慢地動作著。暗夜中，龍二在桅桿頂端感到危險搖晃的星辰。星星分別來到桅桿的南方、北方和極東，終於，快要被桅桿穿刺而過……等他清楚意識到原來是女人時，一切都結束了。

4 航空、航海的距離單位，一海里為一八五二公里。

*

敲門聲響起，黑田房子端著大型早餐托盤進來。

「抱歉來晚了。小登才剛出門。」

房子把托盤放在窗邊精巧的桌上，將窗簾和窗戶整個打開。

「一點風都沒有，今天恐怕也會很熱吧。」

連窗前的影子，都像燃燒的瀝青。塚崎龍二從床上坐起，皺巴巴的床單纏在腰間。房子已經梳妝完畢，手臂裸露著，但不是為了擁抱，她俐落地把早晨的咖啡注入杯子裡，看來有些微妙。這已不再是夜裡的那雙手臂了。

龍二將房子擁進懷裡親吻。細薄敏感的眼瞼下，眼球的轉動清晰可見。他還察覺到，即使閉著眼，女人今晨的心情並不平靜。

「妳幾點要去店裡？」

「十一點前就行。你呢？」

「我還是上船露個臉好了。」

兩人對一夜之間剛成立的新關係，都有些不知所措。此刻，這種困惑表現在相互的禮節之上。龍二以他「平凡人士的深刻傲慢」，忖度著該進展到什麼程度才好。

房子開朗的表情可以有各種解釋：既是甦醒了，也是忘卻了，或者，是不斷在向自己與他人證明，無論就何種意義而言，這都不是一個「過失」。

「在這裡吃好嗎？」

房子走向長椅。龍二從床上一躍而起，把隨意套上的衣物穿戴整齊。

此時，房子倚窗眺望海港。

「要是能從這裡看見你的船就好了。」

「遠在郊外的碼頭，很難吧……」

龍二從身後環抱女人，望著海港的方向。

俯瞰眼前老舊的倉庫街，紅色屋頂櫛比鱗次。北面的山下碼頭，幾個外型如鋼筋水泥公寓的新式倉庫正在興建。運河被行進中的渡船與拖曳船填滿了。倉庫街彼方的貯木場，看起來好似精緻的木頭鑲嵌工藝。它們向大海的方向延伸，形成一條長長的防波堤。

夏日晨光猶如一面敲打平整的板金，在海港風景的巨大鐵板上閃閃發光。

龍二隔著藍色麻布衣裳，撫弄女人兩邊的乳頭。她的下顎微微仰起，髮絲搔得龍二鼻尖發癢。就像一直以來的想像，自己從遙遠的，幾乎是地球彼端，千里迢迢而來，終於抵達這細膩的感覺；在某個晴朗的早晨，倚在窗邊的這指尖上的觸感。

房裡滿是咖啡與橘皮果醬的馨香。

「小登好像發現了，但那孩子似乎滿喜歡你的，應該不要緊吧……話說回來，我們為何會變成現在這樣呢，真令人難以置信呀。」

房子故作不解地說。

第三章

舶來品店雷克斯，在元町也是知名的老字號，自丈夫死後，房子就接手經營。小巧的西班牙式兩層樓建築非常醒目，厚實的白牆上開著西式花頭窗連接內外。商品的陳列與展示素樸高雅。有小小的中庭和挑高的二樓。中庭裡鋪著西班牙進口磁磚，中央做了一個噴泉。酒神青銅雕像的手臂上隨意掛著幾條巴克斯的領帶，雕像是價值不斐的非賣品。除了商品，店裡也擺設丈夫生前收藏的許多西洋古董。

除了老經理，房子還聘雇了四名員工。客人以山手町的外籍人士為主，還有很多時尚達人和電影明星從東京前來。銀座的小店也會來此尋寶。雷克斯在商品的鑑識與挑選上匠心獨具，深受顧客信賴。主要經營男性用品，都是房子和承襲丈夫品味的老經理精挑細選的。

每當船隻入港，卸貨完畢，她就透過丈夫生前友好的進口代理商，即乙種海運仲介牽線，趕去保稅倉庫驗貨，進行相關交涉。房子的經營理念是品牌至上。同為積家[5]的毛衣，

5 JAEGER，英國時裝品牌，創立於一八八四年。

高價與實惠的各訂購一半，盡量在價格上擴大市占率。同為義大利的皮件也是，他們不僅經營康多提大道（Via dei Condotti）的高級品，也和佛羅倫斯聖十字聖殿的皮革學校簽訂了特約。

房子無法丟下兒子出國，去年她派老經理遠赴歐洲差旅。此行成果卓著，順利與幾個國家建立起對應的窗口。老經理一生都奉獻給男性時尚了。連銀座也遍尋不著的英國製緊身褲，卻能在雷克斯找到。

房子一如往常地準時到店。經理和店員向她道早安。解決兩、三個事務性的問題後，她到二樓的樓中樓查閱商務信函。窗型冷氣正轟轟作響。

像這樣能按平時的時間坐在辦公桌前，讓房子鬆了一口氣。非如此不可。今天要是連班也不上了，不知自己將變得如何？

她從手提包拿出一根女用香菸點上，查日誌本看今日有何預定行程。電影女演員春日依子在橫濱出外景，很可能利用午休的空檔來店大肆採購。她已事先打過電話，說出國參加影展時，把預定在當地買伴手禮的預算花光了，因此決定回國後用雷克斯的商品權充是由海外帶回來的，吩咐他們準備二十人份品項不拘的法國製男性用品。另外，橫濱倉庫的社長祕書也會光顧，為社長採購幾件打高爾夫穿的義大利POLO衫。說到底，都是沒什麼品味的老主顧。

隔著私密的百葉窗，可窺見一樓寂靜無聲的中庭，以及光澤閃爍的橡樹葉。客人似乎還沒上門來。

房子擔心澀谷老經理是否發現她的眼睛還火熱著。這老人用一種拿起織品仔細審視眼神看著女人，儘管那是他的老闆。

直到今天早上才意識到，丈夫已去世五年了。逝去的時光並不特別漫長，怎料今晨起，過去的五年卻像一條永遠拉不到盡頭的白色腰帶，突然長得令她頭暈目眩。

房子使勁把香菸捻熄在菸灰缸裡。男人彷彿仍緊緊盤據在身體各個角落。她持續感受著自己在衣服底下的肌膚；胸部和大腿也吋吋遙相呼應；男人的汗味在鼻尖揮之不去。有如在高跟鞋裡思索，房子把腳趾頭用力蜷曲在一起。

——第一次見到龍二是前天的事。拗不過小登這個輪船控的要求，房子請擔任船務公司董事的客戶寫了一封介紹信，參觀正停泊在高島碼頭E區的洛陽丸。那是重達一萬噸的貨輪。母子兩人遠眺著夏日豔陽下漆成綠色與乳白色、光彩奪目的洛陽丸。房子撐開白色蛇皮長柄洋傘。

「海面上也好多船喔……哇，大家都在排隊入港呢。」

小登說得像內行人的樣子。

「那就可麻煩了，卸貨會等很久。」

房子懶洋洋地回應，光仰望著船都覺得熱。

夏雲翻湧的天空，被船隻間交錯縱橫的繩纜隔成一塊一塊。船首高高翹起，像人在恍惚出神時後仰的單薄下顎。頂端那面綠底的公司旗幟隨風翻飛。鐵錨已被高高吊起，宛如一隻纏在錨孔上的大型黑色螃蟹。

「好開心喔！」小登天真地手舞足蹈：「我可以從頭到尾把那艘船看個過癮啦！」

「先別太期待，介紹信能起多大作用還不知道呢。」

後來回想，從最初眺望洛陽丸全貌開始，房子的心便已感到前所未有的躍動了。她心想：「怎麼連我都變得像小孩？」原本連抬頭看都嫌熱，卻突然毫無緣由地心生雀躍。

「這是平甲板6型的嘛！嗯、嗯，這艘船很棒吔。」

小登把滿腦子的知識，全都拿出來轟炸其實對此沒有興趣的母親，一起緩緩走近洛陽丸，忽然這艘巨輪便像壯闊的音樂，華麗登場。小登趕在母親前面，跑上銀輝閃耀的舷梯。

房子只能拿著給船長的介紹信，在士官室前的走廊上徘徊。艙口那邊在卸貨，鬧哄哄的，但悶熱的船室走廊，卻寂靜得詭異。

此時，身著白色短袖襯衫，頭戴制服帽的塚崎，從掛著二等航海員名牌的船室裡走出來。

「請問船長在嗎？」

「不在。有事嗎？」

房子拿出介紹信，小登則眼睛發亮地仰望塚崎。

「了解。要參觀是嗎？讓我來好了。」

塚崎直勾勾地看著房子，語氣粗魯。

這是兩人初次見面。房子清楚記得龍二的眼神。他看起來有些陰鬱不悅，膚色略黑，唯有那雙專注看著房子的眼睛，像盯住遙遠水平線上的一點船影。至少，房子覺得如此。就目視眼前的人來說，那目光未免太銳利、太專注了，若非兩人之間隔著遼闊的大海，恐怕會顯得很不自然。原來始終望著大海的眼神是這樣的啊。意外發現一絲船影時的不安與喜悅，警戒和期待……對於被凝視的船隻而言，那是一種破壞性的眼光，只有大海的距離才能包容那樣的無禮。在此凝視之下，房子不由得渾身輕顫。

6　平甲板型：船艦最高甲板完全平坦的船型。

塚崎先將兩人帶到駕駛臺。從救生艇甲板向航海甲板方向往上爬時，夏日午後的烈日，把鐵梯斜斜分割成一段一段。小登遠眺著擠滿海面的貨船，繼續他的掉書袋。

「我問你喔，那些船在排隊進港對吧？」

「你懂很多嘛，小朋友。有時甚至會在海上等四、五天呢！」

「碼頭有空位時，會用無線電通知嗎？」

「是的。公司會來電報。碼頭會議每天都召開。」

房子發現塚崎壯碩背部的汗水，在白襯衫上勾勒出不少肉色斑點，同時，也感謝他把小孩當成大人來應對的態度。不過，當塚崎轉過頭來，鄭重提出這個問題時，倒讓她不知怎麼回答了。

「小朋友什麼都懂呢，長大要當船員嗎？」

他又專注地盯著房子瞧。

無法確認這個看來木訥又自我的男人，是否懷有很高的職業自尊，因此，房子撐開原本收起來的陽傘，瞇著眼，衡量該如何回答才好。那時，突然發現男人眉間的陰影，那是一種莫名難解，她從未在白晝下看過的東西。

「還是不要比較好，沒有比船員更無聊的工作了……來！小朋友，這是天體定位儀。」

不等房子回答，他便敲了敲塗著白漆、狀似蕈類的高大機器。

進入掌舵室裡，小登什麼都想碰一碰。機關室傳令器、遙控陀螺自動駕駛、雷達指示器、航線自畫器。看著機關室傳令器上停止、準備、前進等標示，小登露出正在想像種種航海危難的神情。與之相鄰的海圖室書櫃上陳列著航海表、天文曆、天文計算表、日本港灣港則表、燈臺表、潮汐表、水路誌等資料。正在使用的海圖表上，有橡皮擦拭過的凌亂痕跡。海圖在他看來簡直是一種神奇的作業，好比在大海中隨興描繪許多線條，自在地畫了又拭去。讓小登更加著迷的是航海日誌上的各個圖案與符號，例如標示日出的半圓小太陽，造型相反的日落，標示月出的金色小角，以及與之相對的圖案，還有表示潮汐漲跌的和緩波浪等等。

正當小登沉浸其中時，塚崎來到房子身旁。悶熱的海圖室裡，對方熾熱的存在讓房子無法呼吸。因此，當斜靠在桌旁的白色蛇皮手柄陽傘應聲倒地的瞬間，她覺得自己也要快暈厥了。

房子輕喊出聲，因為傘正好砸中了她的腳背。

船員立刻彎腰把陽傘撿起來。在房子眼中，好比潛水夫在海裡的慢動作。他從悶窒的時間之海的底部抓起洋傘，白色的制服帽隨之緩緩浮上水面……

——撥開遮蔽外人視線的百葉窗，澀谷老經理將他那張皺紋滿布、一本正經的臉斜斜探進來，說：

「春日依子小姐到了。」

「好，我馬上就來。」

沉思中被人唐突地喚醒，房子的回答像是反射動作。她為自己快速的應答而懊惱。站在壁面的鏡子前檢視自己，讓她有種仍置身於那個海圖室裡的錯覺。

與一個隨行女孩站在中庭裡的依子，戴著一頂向日葵般造型誇張的帽子。

「一定要請媽媽桑來幫我看一下……」

房子並不喜歡這個像在叫酒店業者的稱呼。她慢慢走下樓梯，來到依子面前。

「歡迎光臨。今天也好熱呀。」

依子抱怨在碼頭出外景時熱死人的陽光和擁擠的人潮。房子立刻想像龍二也在人牆之中而心生不悅。

「一上午就拍了三十個鏡頭，夠誇張吧。本田先生的速度也太驚人了。」

「應該拍得很好吧？」

「怎麼可能！反正那些是無法讓我得女主角獎的。」

這幾年，依子一直執意要得到女主角獎的肯定，說起來今天的伴手禮也算她個人風格的「運動」，是為了向「評審委員」朝貢。

她相信世間的一切醜聞，但自己的例外，所以若真有效，叫她委身給全體委員，應該也會認真考慮。

扛起一家十口家計，與生活努力奮戰的依子，是個頭腦簡單四肢發達的美人兒。房子深知這種女人內心的孤獨，即便如此，她若不是顧客，還真令房子難以忍受呢。

今天的房子卻處於一種麻痺的溫柔狀態。依子的缺點和低俗明明再清楚也不過了，但她就像看著缽中的金魚那樣，淡然而寬容。

「我本來想，秋天到了，選毛衣比較適合。但前提是夏季影展時買的禮物對嗎？所以就挑了皮爾卡登的天鵝絨領帶、斑馬的四色原子筆和POLO衫等等。要送夫人們的，香水應該還是首選，所以就準備了這些。總之請妳先看一下。」

「我哪有那個閒工夫呀，要趕緊去解決午餐了。萬事拜託囉。最重要的是盒子或包裝紙，伴手禮的真實感就在這兒。」

「保證不會有任何差錯。」

——春日依子走後，橫濱倉庫的社長祕書來了，其餘的就都是些散客。

房子的午餐照例又是輕食，她叫人外帶附近德國烘焙坊的三明治和紅茶回辦公室來，當她面對著桌前的餐盤時，便又是獨自一人了。

好比一個想鑽進被窩，繼續之前被打斷了美夢的人，房子坐在椅子上調整好幾次姿勢，輕輕回到前天洛陽丸的駕駛臺上。

……母子兩人在塚崎的引導下看了貨物的裝卸過程。他們先走下甲板，從該處俯視第四船艙的裝卸作業。船艙口開了一個巨大陰暗的開口，恰似腳下的地面，向左右裂開。就在他們的眼下，出現一個頭戴黃色安全帽的男子，站在稍微突出的艙板上，徒手指揮遠處絞盤的操作。

半裸的工人分布在微暗的艙底工作，身上發出些許光亮。當人字起重機手臂把貨物舉起，緩緩攀升至艙口時，它們才能重見天日。貨物以超乎想像的速度在空中移動，日光從上面投下一條條的影子。隨著影子條紋的輕快滑行，貨物已來到貨輪外的接駁船上空了。

極緩慢的準備，一個個巨大貨物突如其來的飛翔。部分磨損的鋼索看來像是危險而新鮮的銀色光輝……房子把撐開的陽傘架在肩頭，眺望這一切。

她還感覺到自己體內眾多沉重的貨物，在深思熟慮與慎重準備之後，突然被人字起重機強健的手臂輕快地舉起又送出去。她了解這種原以為無法撼動的負荷，下一秒卻倏忽浮游在空中的感覺，並且百看不厭。或許這些貨物必然的命運就是如此，同時，也是一種侮辱性的奇蹟……就快搬光了，房子心想。一切都在不容妥協的進行之中，話雖如此，猶豫和怠惰也應得到充分的諒解，畢竟，這是一段酷熱、漫長而又沉滯得令人幾乎暈眩的時光。

那時，房子應該是這麼說的：

「謝謝你今天在百忙之中接待我們。談不上什麼答謝啦，但假如明天有空，想請你吃個晚餐。」

她自認說得雲淡風輕，只不過是社交辭令而已，但聽在塚崎耳裡，肯定是被夏日烈焰曬昏頭的女人的譫語。他以真誠而訝異的目光凝視房子。

房子心想：昨晚在新格蘭飯店的晚餐，還只是為了表達謝意。那人符合士官風度，彬彬有禮地用餐。飯後散步散了很久。後來他說要送我回家，兩人一同走到山手町山坡上新建的公園，到了這裡還是不想分開，就在可俯瞰港灣的長椅上坐下了。接著是各種不著邊際的，長長的漫談。丈夫死後，我就不曾和男人說這麼久的話了……

第四章

約好今晚店裡打烊後碰面，龍二就和出門上班的房子分開了。他先回船上一趟。然後叫了一輛計程車，疾駛過夏日豔陽下空蕩蕩的街頭。下了車，爬上山手町的山坡，回到昨天那個公園。不然他不知該如何打發這段時間。

日正當中的公園裡，人煙稀少。飲水區的小噴泉滿出來，染黑了鋪在底下的石頭。夏蟬在新建支柱所支撐的柏樹上鳴唱。轟隆低吟的海港看起來遼闊無邊，昨晚的回憶卻抹消了眼前這片正午的海港美景。

他的心飛回昨晚的一切，再三回味著。

龍二撥開黏在嘴角的熱乾的菸灰，任憑汗水直流，就這樣沉浸在回想之中。

他心想：「昨天晚上我實在太不會說話了。」

關於榮耀與死亡的觀念，潛伏在厚實胸膛下的憧憬和憂鬱，充斥於大海漩渦中黑暗而巨大的情感，他都無法對女人訴說。每每想說卻都以失敗告終。例如，當自覺窩囊時，又會轉而確信自己終將成為萬中選一的人物，就像馬尼拉海灣壯闊的夕陽染紅了胸膛那般。然而，有關這些確信，他連一句也沒能說出口。

他想起房子的問題：

「你為什麼沒結婚？」

他也只能笑笑，含糊其詞地答：

「沒人願意嫁給船員啊！」

當時他想說的其實是以下這些。

「同事都有兩、三個小孩了。每次家裡來信，他們都會反覆讀上幾十遍。上面還有小孩畫的房子、太陽、花花草草之類……那些傢伙是放棄機會的人。我雖然什麼也沒做，但我就是個男子漢。這就是我活下來的信念。因為，男子漢必須在破曉時分聽見孤獨澄澈的喇叭響起時，在蘊含光彩的厚重雲朵低垂時，在遠處的榮耀以尖銳的聲響呼喚我名時，就立刻踢開被褥，獨自踏上旅程……我一直抱著這個信念而活，不知不覺，就超過三十歲了。」

但是他沒有這麼說，有一半原因或許是覺得女人不會懂。

他浪漫地認為：在與今生那個獨一無二的女人之間，死亡是必然中介的存在。他們彼此都不知道這個宿命，仍禁不住相互吸引。他也沒將這毫無緣由在腦中孕育、理想的愛的形式說出口。如此悲涼的夢，恐怕只是流行歌的浮誇吧。但不知何時起這個夢變得堅實，海潮陰翳的情念，海嘯從洋面奔騰而至的呼聲，浪濤捲起又破碎的暗黑力量……一切的一切都在他腦中緊緊糾纏，融合為一。

龍二知道；眼前的女人就是夢寐以求的那位，只是無法說出口。

長久以來，在他未曾向人提及的壯麗夢想之中，他們這一對正格的男人和極品的女子，分別從世界的盡頭而來，偶然在此邂逅，而將他們結合的是死亡。他們和螢火蟲之光，喧囂銅鑼聲廉價的別離，船員常見的露水情緣等有著天壤之別，終將一起去到人類未曾涉足的心靈海溝深處。

……這些略帶瘋狂的囈語，他也沒有吐露半句。相反地，他是這麼對房子說的。

「在長程航行中，有時會去伙房，看到白蘿蔔和蕪菁葉，那些綠色的東西深深溫暖了我的心，甚至禁不住想讚嘆那一點點綠意。」

「嗯，我想我了解你的意思。」

房子溫情地回答。那時她的聲音裡，透出女性的慰藉帶來的喜悅。

龍二借來房子的扇子，驅趕腳邊的蚊子。遠處停泊的船隻上，船桅燈火忽明忽滅，而眼前倉庫的屋簷下一盞盞的燈，倒是整齊劃一地排列著。

他本來還想說：那種難解的熱情會突然揪住人的後頸，讓人無所畏懼地朝死亡奔去。然而他卻隻字未提，不僅如此，甚至不問自答地娓娓道來自己貧寒又惱人的出身。

父親是公務員，任職於東京區公所，在母親死後，獨自將他們兄妹倆撫養長大。他的學費全靠體弱多病的父親過度加班而來。儘管環境清苦，他仍長成一個強健的男兒。後來，老家在空襲時燒毀。妹妹更於戰爭末期因出疹性傷寒而病故。戰後，龍二從商船高校畢業，就在快要能夠獨當一面之際，父親卻驟然離世。對龍二來說，陸地上的一切記憶，只有貧窮、疾病、死亡和無盡的燎原之火。於是，他就徹底從陸地解放開來了……這是他有生以來第一次對女人屢屢道出這些事。

講到悲慘的過去，龍二似乎激動了些。他把之前極想談的、關於大海的力量與恩賜，稍稍排拒於外，卻從內心一隅召喚出自己擁有多少存款的記憶。他無法不像尋常男人一樣自我誇耀，這是另一種展現虛榮心的方式。

龍二原本想說的是關於大海的事，例如：

「我內心最重視的是能為它而死的、烈火焚身的戀愛。這些觀念明顯是拜大海所賜。對於幽閉在船艙內的我們來說，四周的大海實在和女人太像了：時而風平浪靜，時而狂風暴雨，時而變幻莫測，當然，還有夕照下絕美的懷抱。船隻想要破浪前行，卻不斷地遭受排拒。明明有取之不盡的水，但對解渴毫無助益。我們生活在和女人極為相仿的自然要素之下，現實中，卻總被排除在女性實體之外……我知道，這就是我至今未婚的原因。」

然而，從他口中托出的並非這般細膩的解釋，而只是一小段經常哼唱的歌曲。

「我天生是海上男兒

向遠去的海街

……

很可笑吧？這是我最喜歡的歌。」

「很美的歌呀。」

房子說。龍二覺得「這女人是在維護我的自尊」，分明是第一次聽到，卻裝出很熟悉的樣子。

「她無法理解隱含在這首流行歌深處的情感，我時常為之潸然淚下的痛切情緒，以及身為一個男人的幽暗內心。好吧，既然如此，就單純把她當作一具肉體來對待吧！」

一看之下，他才發現從未見過如此纖巧而芳美的肉體。

胭脂色的內衣外面，是黑絹滾蕾絲面料的和服，腰間繫著一條白色針織鏤空腰帶。微暗的天色透出白皙的臉蛋。黑絹蕾絲將胭脂色襯得更加冶豔，獨特的女性柔媚滲入四周的空氣裡。她是龍二前所未見，既奢侈又優雅的女人。

每當她身體輕顫，遠處水銀燈光線的角度也隨之移動。在胭脂色與深紫色間變換的內衣裡，在深沉的陰翳中，他感覺得到女人的衣服皺摺正在悄悄地呼吸吐納。微風把眼前的肉體的淋漓香汗吹來，彷彿不斷對他呼喊著：死吧！死吧！死吧！龍二想像那不自覺輕顫的纖細指尖突然變得火熱時，將會是怎樣的感覺。

鼻子真美，唇形多麼漂亮啊！就像下圍棋的人在長考後放下棋子般，他在黑暗中一點一滴饕餮著房子的美。

然後，是那雙看來極冷，但冷淡本身就很淫蕩的、懾人心魂的眼眸。對世界淡漠的背後，是一雙訴說著能為愛義無反顧的眼睛……從昨天的用餐約定開始，這眼眸就糾纏著龍二，使他夜不成眠。

還有那無法言喻的性感香肩。恰似海岸線的流暢肩線從鎖骨附近渾然天成地和緩向下，卻又帶著神聖不可侵犯的氣勢。真絲衣料就快從那柔順細緻的肩上滑落了。

龍二心想：當我握住她的乳房時，它們將以怎樣汗濕的重量沉落在我手裡？我對這女人的全身上下都負有責任。因為那溫柔的、無法抗拒的甜美，全都歸我管轄。此刻她就在這裡的事實，甜蜜得令我顫慄。好比風兒吹翻一片片樹葉，我的震顫也將傳遞過去，很快地，女人就會陷入目眩神迷，恍惚朦朧的狀態吧。

奇妙又有點癡傻的想法，突然切中他的內心。他想起船長說過：以前去威尼斯時，正當滿潮，一樓大理石的地板竟然全淹沒在水裡，形成一個小而美的水中宮殿，令人大開眼界……

他禁不住這樣說出口：小而美的水中宮殿。

「再多跟我說一些吧！」

房子催促。

龍二知道此時無聲勝有聲，直接吻上去最好。當唇瓣接觸，在滑順熱烈的交纏中，在每回碰觸每次交鋒時，都將產生各種微妙的差異，從不同角度輝映出彼此的內在，編織一個柔軟而甜蜜的世界。龍二粗糙的掌心直接撫上方才想像中的香肩，他終於接觸到比夢境更真實的東西了。

就像昆蟲收斂翅膀那般，房子也輕輕闔上睫毛濃密的雙眼。狂熱的幸福感向龍二襲來，令他不知所措。本來以為房子上升到唇畔的氣息和剛才一樣是從胸臆間發出來的。此刻才知那熱度與芬芳來自她體內深不可測的地方；總之，氣息的燃料已和之前的明顯不同了。

兩人的身體互相摩娑，如火中困獸，想藉由摩擦全身來滅火，不料，卻因焦急而笨拙地碰撞。

房子的唇愈發柔嫩滑順，龍二覺得就此死去也了無遺憾。直到兩人微涼的鼻尖碰在一起，他才發現是兩具堅實的肉體，而不禁感到某種幽默的況味。

「今晚來我家好嗎？那個屋頂就是我家喔。」

當房子指著公園角落的樹叢對面一個屋頂這樣說時，兩人究竟纏綿了多久，龍二已經不記得了。

他們起身環視背後。龍二隨意戴上船員帽，把手搭在女人肩上。公園裡杳無人煙。橫濱塔迴轉燈的紅綠光束，來回巡梭在廣場空盪盪的石椅、飲水區、花壇和白色的石階上。

他習慣性地看了看表，燈光在表面上閃逝，指針剛過十點。若是平時，兩個鐘頭後他就要開始值夜班了。

*

……熾熱的太陽令龍二愈發難受。太陽西偏，燒灼著他的後腦。

今天在船上換了短袖襯衫，沒戴帽子出來。一等航海員容許他連休兩天，讓三等航海員代班。條件是下個港口換龍二執勤。為了今晚與房子的約會，他帶著便服外套和領帶出來，現在身上的襯衫已徹底汗濕了。

看了表，才四點，離約會還有兩個鐘頭。他們約好在元町路上的咖啡館見面，房子說那裡有彩色電視可看。問題是現在這時段的節目不夠打發兩小時。

他起身斜倚在公園的欄杆上眺望海港。和剛到時相比，倉庫街三角屋頂的影子已往遠處海埔新生地大幅延伸出去了。遊艇港裡有兩、三艘白色的歸帆。

海面上的積雨雲，體積尚不足以引發黃昏驟雨，但因受西曬之故，立體而精緻地刻劃出純白肌肉般的緊張感。

龍二索性往下走，來到後側廣場角落的飲水區。看到被豔陽摧殘得奄奄一息的大理花、洋甘菊、美人蕉，他複製孩提時代常有的惡作劇，手指按住噴水口，噴出扇形的水花。葉子刷刷作響，小小的彩虹出現，在強烈水柱的沖擊下，花兒都翻身後仰。

弄濕襯衫他也不在意，反手過來享受著把水花噴在頭髮、臉部和咽喉的爽快。水從喉嚨流到胸腹，胸前形成一片無比清涼的水幕。龍二就像一隻濕淋淋的狗，粗魯地抖落身上的水珠。就穿著濕答答、看似黑色斑漬的上衣，抱著外套往公園出口方向走去。反正走一走就會乾了吧。

出了公園，為眼前的光景感到不可思議：家家戶戶的屋頂都那麼堅固，房子四周圍著圍牆，各自以平靜的姿態排列著。一如往常，陸地生活對他而言既抽象又不真實。有時瞥見人家廚房的入口，擺著刷得亮晶晶的鍋子，但這一切都嚴重缺乏具體性……他的情慾也是，肉感愈重就覺得愈抽象，隨著一分一秒的流逝，終將變成回憶。好比夏日烈焰的燒灼，表面產生鹽分的結晶，唯有最純粹的部分才會光輝閃耀。

他想：「今晚，我應該也會跟房子做愛吧。收假前的最後一夜，大概都不會睡了。明天傍晚我就要出海了，在這意外的兩天變成回憶之前，應該大肆發揮一下。」

暑熱並沒有帶來睡意。他走在路上，每想到一件事就感覺慾望翻騰，還差點被駛上山坡的大型進口車撞上。

那時，龍二看見一群少年從下坡處的小路往上跑。其中一個一看見龍二就怔住了。是小登。

少年的膝蓋在短褲下乍然停駐又往後退，仰望龍二的臉看起來很緊張。他想起今天早上房子說的：

「小登好像發現了吔。」

為了不在這孩子面前顯得笨拙，龍二霎時浮誇地笑了。

「唉呀，真是巧遇。游泳游得怎麼樣？」

少年沒有回答，眼神清澈但缺乏感情地看著襯衫濕透了的龍二。

「你怎麼搞的……全身濕答答？」

「哦，這個嗎？」龍二又笑得很多餘，說：「在那邊公園的噴水池噴的。」

第五章

在這裡遇見龍二真是不妙，小登在想怎樣才能叫龍二不告訴母親。早上說要去鎌倉游泳卻不然，而且「老大」也在龍二看見的少年之中。不過這還好，光用看的，不會知道誰是「老大」。

今天上午，各自帶便當到神奈川區的山內碼頭碰面，大家先在倉庫後的鐵路支線附近逛，之後如常地開了會，主題是世界的無用性和生存的無意義。他們很愛在這種不安定的、隨時可能有人闖入的地方開會。

從老大、一號、二號、三號即小登、四號到五號，六個少年都身材瘦小，而且成績很好。對於這類優秀學生的小團體，老師毋寧是讚賞的，有時還會用來鼓勵學習不佳的學生。

會議地點是二號找到的。不只老大，每個人都很滿意。一條赤鏽色的鐵道綿延在山內市營一號庫房後面、地勢頗高的荒地野菊間。轉轍器全生鏽了，舊輪胎也被隨意棄置，任憑風吹雨打。這條路線似乎已久未運行。

遠遠可見倉庫辦公室小前庭的美人蕉在豔陽下綻放如火，那是夏日尾聲，即將燃燒殆盡的火焰。但只要這烈焰還在，少年們就知道尚且躲不過辦公室管理員的眼睛。於是，他們往火焰相反方向的庫房深處走去。鐵道線停在一扇牢牢上鎖的黑色倉庫門扉前，旁邊堆疊的是為數眾多的大圓桶。小登等人在塗著鮮豔紅黃與古銅色的油漆桶後方，找到一塊狹小但能掩人耳目的草地坐下。熱辣的陽光蹂躪著倉庫屋頂，只有這裡還在陰涼處。

「那傢伙超狂，超不可思議，就像一頭剛從海上跳出來，全身濕淋淋的野獸。我看到他和我媽交配的過程。」

小登興奮地把昨晚的事鉅細靡遺地道來。大家的表情固然平淡，但全都聚精會神以免漏聽什麼的眼神，大大滿足了小登。

老大聽完，噘起薄薄的紅唇說：

「難不成他是你的英雄？世界上沒有英雄啦。」

「但他一定會的。」

「會什麼？」

「不久的將來，一定會幹出一番大事。」

「你真笨。他什麼都不會幹的。目的是你媽的財產。你媽肯定連人帶骨被他啃光，等到沒有利用價值了就一腳踢開。這就是他的詭計。」

「就算只是那樣，也是大事啊！至少我們就沒辦法。」

「你對人類的觀察還太淺了。」十三歲的老大冷傲地說。「我們都做不到的，大人更無能為力。這世界被貼上了『不可能』的巨大封印，別忘了，最後能把它撕下來的只有我們。」

大家聽了都心生敬畏，默然無語。

接著，老大對二號說：「你父母還是不打算買空氣槍給你吧？」

「嗯，我絕望了。」

二號雙手環抱膝蓋，自我安慰道。

「他們說危險？」

「嗯。」

「噗！」老大在他夏日裡依舊白皙的臉上，擠出深深的酒窩。

「大人根本搞不清楚危險的定義。他們認為在現實生活受了點傷，流了點血，還有報紙上大肆報導的就是危險。什麼嘛！真正的危險是活著本身，沒別的！活著就是存在的純粹混亂，每一瞬間都在拆解存在，使之回歸無秩序的狀態，並以不安為誘餌，無時無刻不在改造存在。就是這麼瘋狂，沒有什麼比這更危險了。存在本身並無不安，卻因活著而製造出不安。社會原本是無意義的男女混浴羅馬浴場，而學校就是它的雛型……我們不斷在接受命令，偏偏下指令的都是瞎子。那些混蛋會把我們的無限潛能全部摧毀。」

「那大海呢？」三號小登仍固執己見。「船呢？我昨天明確掌握了你以前說的，關於世界的內在關聯呀。」

「大海還稍微能接受。」老大深深吸了一口吹進倉庫的海風。「確實，在少數可容許的東西當中，大海算是格外能接受的。至於船嘛……船和汽車又有何不同？」

「你不懂啦。」

「是嗎？」老大那對小小的弦月型眉間，露出自尊受損的不耐。他很討厭自己那宛如手工精繪的眉毛，明明每次都說不要，理髮店老闆卻總想把他額頭和眼皮上的雜毛修掉。「你又知道囉？……你憑什麼想像世界上有我不懂的事？」

「該吃飯了。」

個性溫順的五號提議。

眾人各自打開膝上的便當。一個影子意外地落在便當上。小登驚訝地抬頭。穿著骯髒卡其色襯衫的老倉庫管理員，手肘靠在圓桶上探頭進來。

「咦？小朋友，你們怎麼來這麼髒的地方野餐啊？」

老大以好學生般的爽朗笑容，沉穩地應對。

「不可以是嗎？我們來看船，要吃午餐，就選了這個陰涼的地方。」

「可以、可以。記得把便當盒和垃圾帶走就行了。」

「知道了。」

大家都純真地笑了。

「會連盒子都吃掉，不留下任何東西啦。」

駝背的管理員遠離遮蔭處與陽光交界的鐵道支線後，四號輕聲咂舌說：「這種人很常見，就是喜歡小孩的類型，還真寬大為懷呢。」

——六人把各自帶來的三明治、小保溫瓶裡的冰紅茶和其他食物拿出來分享。幾隻麻雀飛過鐵道支線來到他們身邊。坐成一圈的少年，爭相表現自己才是最冷酷的那個，連一粒米都沒人餵食麻雀。

都是「好人家」的小孩，自然菜色豐盛，配色漂亮，讓只帶了簡單三明治來的小登有點丟臉。穿著短褲或牛仔褲的少年們盤腿而坐，老大一口氣扒了太多飯差點噎住。

酷熱難當。刺眼炫目的太陽已高掛在倉庫正上方，唯有這一小方屋簷保護他們免受曝曬。

母親總是嘮叨他狼吞虎嚥，此刻，小登像要把太陽和刺眼的陽光一併吞下去那樣，快速咀嚼著烤過的吐司邊，同時內心暗自召喚出昨晚所見的完美構圖；那幾乎是深夜裡絕對晴空的展現。即便老大斷言太陽底下無新鮮事，小登仍相信熱帶深處的冒險犯難，某海港喧囂多彩的市場風光，以及黑人捧在黑亮手臂上販售的香蕉和鸚鵡是存在的。

「你一邊吃東西，一邊在幻想對吧！明明就是個小鬼。」

老大冷笑。內心被人看穿的小登一時無法回應。

小登心想：「我們在進行『冷漠無情』的訓練，所以不能生氣。」

一想到這裡小登就釋懷了。即便昨晚那樣，但關於性事，他已修練到幾乎無動於衷的境界了。為了讓伙伴們處之泰然，老大至今確實也煞費苦心，不知從哪兒弄來各種體位與特殊前戲的照片詳加解說，還不厭其煩地指出那檔事有多麼無謂與無聊。

一般來說，這多半是班上發育較早，個頭較大的人會做的事，不過，像老大這種知識豐富的優等生，教法截然不同。他主張生殖器的目的是為了和銀河系宇宙性交。那幾根變得粗黑，扎在白皙肌膚深處的深藍色陰毛，也是為了在性交之際，挑逗羞赧的繁星而冒出來的……他們為老大神聖的譫語目眩神迷，卻對那些充滿性好奇，愚昧不潔的同齡少年嗤之以鼻。

「吃完飯就去我家，和平時一樣的東西都準備好了。」

「有貓嗎？」

「等一下去找。一切都從現在開始。」

＊

老大家就在小登家附近，因此又得搭電車回去。他們很喜歡這類沒意義又麻煩的遠行。他的父母總是不在，每次去家裡都空蕩蕩的。老大真是孤獨的少年，過得百無聊賴，十三歲就已讀遍家中藏書了。他說，每本書光看封面就知道內容。

他對世界的絕對虛無做過深刻的研究，這也拜家裡總是空無一人所賜。像這樣完全出入自由，每個房間都井然有序，甚至宛如冰窖的情況真是罕見。老實說，在這裡，小登連獨自去上廁所都害怕。汽笛聲徒然穿梭在各個無人的房間。

他也曾帶大家參觀父親的書房。桌上是精美的摩洛哥皮革書寫工具。看他有模有樣地把鋼筆往返於墨水瓶和印有他家姓氏首字字母的銅板便箋之間，寫下對於各種議題的見解分送給大家。寫壞了的，就毫不吝惜地揉成一團丟進字紙簍裡。小登曾問：

「這樣不會被罵嗎？」

他只報以無言的冷笑。

——他們更喜歡的是後院裡五坪左右的大倉庫，因為能避開傭人的耳目溜進來。貨架上塞滿木工工具、舊酒瓶、過期的外國雜誌和無用的家具等。此外，泥地上散置著兩、三件舊木材，濕冷幽暗之氣會直衝屁股而上。

光是找貓就花了一個小時，最後，發現一隻聲音微弱的流浪貓。是隻目光黯淡，體型小到能放進掌心的黃褐色幼貓。

大家都已汗流浹背，便脫了衣服輪流在倉庫角落的洗滌處沖澡，也依次看管這隻貓。小登在濡濕的胸前感受小貓溫熱心臟新鮮的鼓動，那彷彿是從戶外夏日烈焰中偷來的暗黑精髓，是因盡情歡欣而急促喘息的精髓。

「要怎麼殺？」

「那邊有木頭，砸死在上面就可以了，很簡單。三號，你來。」

老大下令。

這是給小登那冷硬的、比北極更冰封的心試煉的機會。才剛淋浴又汗濕了。殺意如早晨的海風拂過心中。他覺得自己的心就像一座空蕩蕩的曬衣場，曬滿鐵架的白襯衫隨風翻飛。那時，他應該已經下手了，切斷世間總是卑劣地禁止這個、禁止那個的無盡鎖鏈。

小登抓住貓脖子站起來。貓咪無聲地垂吊在手指下。

他檢視自己是否心生憐憫，發現只在遠處一閃即逝。於是小登安心了。好比疾馳的電車窗外，某個遠處人家玻璃窗的光芒，隨著車行突然出現又轉瞬消失。

很久以前老大就主張過：為了填補世界的空洞，這類行為是必須的。就像要用一整面的龜裂來填滿鏡子那樣，無法以其他行為填滿的空洞，必須藉由殺戮來完成。關於存在，他們應當握有實權。

小登把貓高高舉起，一口氣重摔在木頭上。指間溫熱而柔軟的物體劃過空氣飛出去的感覺真美妙。之後，指上仍殘餘著柔毛的觸感。

「還沒死，再一次。」

老大說。五個赤裸的少年，各自站在微暗倉庫裡的不同位置，目不轉睛地看著。

小登再次抓起來的已不再是貓。光輝閃耀的力量充斥他的指尖。如今多次重摔在木頭上的，只是以自身力量描繪出的明快軌跡。他覺得自己已變成頂天立地的男子漢了。第二次，小貓只發出一聲短促而濃濁的聲音——牠從木頭上彈飛，後肢在空中畫了一個大圓，最後掉在泥地上靜止不動。木頭上的斑斑血跡帶給少年們幸福的感覺。

猶如看進深深的井裡，小登凝視著貓屍墜落的、小小的死亡之穴。臉愈靠近，愈感到自己勇氣十足的溫柔，幾乎可稱為體貼的那種冷靜的溫柔。幼貓的口鼻中流出赤黑色的血，僵硬的舌緊緊黏住上顎。

「喂，大家靠過來。接下來換我了。」

不知何時，老大已戴上橡膠手套，抄起剪刀，彎身蹲在死貓前面。那是一把漂亮、冰冷，又具知性威嚴的剪刀，在家具和舊雜誌中發出凜冽的光。小登不曾看過比這個和老大更匹配的凶器。

老大單手抓住貓頸往上提，剪刀的尖端抵住胸前，輕輕一路剪到咽喉的位置，再用雙手把皮向兩邊撕開，露出剝皮竹筍般光潔白皙的內部。看起來像一顆光裸優雅的頭顱，戴著貓的面具躺臥在地。

貓只是表面；這具生命不過偽裝成貓而已。

至於內部……這光滑、無表情的內部，與小登等人完全共通，但在面對牠時，他們感到自身有如臨水的船隻，將黑暗、複雜且活生生的內在，投影在這副白皙、光潤而沉靜的內皮上。直到此刻，他們才首次與貓，正確來說，是與曾經是貓的東西產生密切的關聯。

赤裸的內皮呈現半透明的珍珠貝光澤，一點也不醜惡。肋骨透明可見，甚至看得到大網膜下溫暖且尋常蠕動著的腸子。

「怎麼樣？太赤裸了對嗎？赤裸成這副德行，行嗎？真是太沒禮貌了。」

戴著橡膠手套的老大將軀幹上的皮往兩邊剝開，這樣說道。

「確實很露骨。」

二號附和。

小登把昨晚男人與母親的全裸狀態，和眼前這個與世界赤裸相接的東西做比較。他們還不夠露骨，因為至少包裹著皮膚，還有美妙的汽笛。汽笛的迴盪所描繪的廣大世界，無法進入這麼深刻的境界……剝了皮的貓以其透明可見，仍在鼓動的內臟，更接近世界的核心。

開始發出異味了。小登把手帕揉成一團摀住鼻子，口中呼出熱氣，思考著。

幾乎沒流什麼血。老大剪開那層薄皮，一顆碩大赤黑的肝臟曝現眼前。將白淨的小腸拆解開，拉出來，蒸騰的熱氣沾滿了整副橡膠手套。再把腸子切成一段一段，擠出裡面檸檬色的汁液給大家看。

「感覺像在剪法蘭絨呢。」

小登以無法更真切的方式看著眼前的一切，卻又恍如夢中。死貓的紫色眼瞳已浮出白色屍斑，凝結的血充溢了整張嘴，僵硬的舌頭從齒間露出來。

耳邊傳來被脂肪染黃的剪刀剪斷肋骨時的嘎搭聲。老大在胸腔內掏弄，拉出小小的心囊，捏住可愛的橢圓形心臟，扯下來，再擠出些許殘血細細端詳。血液迅速沿著橡膠手套的指尖往下流。

此刻發生的事意味著什麼？小登忍耐著，從頭到尾目睹了眼前的一切。在失去了貓的意義這巨大而倦怠的靈魂陶醉中，小登的心恍然如夢，描繪著那些散亂的內臟的溫熱，以及腹腔裡的瘀血一一獲得自身完整性的景象。此刻，垂在體側的肝臟，化作柔軟的半島；捏碎的心臟，成為小小的太陽；被扯出來的、劃出鬆散圓圈的小腸變成白色的環礁；而腹腔裡的血，將變成熱帶溫暖的海洋吧！此刻，透過死亡，貓咪自成一個完整、獨立的世界。

「我殺掉牠了。」恍惚間，小登遠遠看見一隻手將純白的獎狀遞給他。「什麼壞事我都幹得出來。」

老大嘎吱嘎吱地脫下手套，白皙又漂亮的手碰了小登的肩膀。

「幹得好！這下你也算是號人物了……話說，看見血怎麼讓人這樣心曠神怡呢！」

第六章

眾人才剛埋了貓從老大家出來，就遇上了龍二，這真是不妙。手確實洗乾淨了，但不知身體或衣服是否沾了血跡和異臭？小登擔心自己會露出行凶後隨即遇上熟人心虛的眼神。

首先，要是他告訴母親自己從這條小路出來的時間就糟了。他明明應該和完全不同的朋友去了鎌倉才對。

如此驚慌讓小登惱羞成怒，決定全部歸咎在龍二身上。

伙伴們草率打了招呼便四散離去。午後四點，熾熱的街頭人車斷絕，只剩下拖著長長身影的龍二與小登。

他丟臉得要死。本來想找個好機會把龍二介紹給老大。若能在完美狀態下介紹兩人認識，那麼，老大即使不情願，也會承認龍二是英雄。而這會讓小登很有面子。

不料這個倒楣的偶遇，讓身穿短袖襯衫的二等航海員看起來就像一隻可悲的落湯雞，而且，他竟然還對小登露出諂媚的笑。那種無意義的笑，不僅代表了把他當小孩子來羞辱，也將自己變成「喜歡小孩的大人」那種可笑的「丑角」了。他開朗得極不自然，衝著小孩的誇張笑法，是完全無謂且不可饒恕的謬誤。

此外，龍二還說了不該說的話。

「哎呀，真巧。游泳游得怎麼樣？」

當小登看見他濕淋淋的衣服，反問他何以這副德行時，他應該要說：

「喔，這個嗎？剛才救了一個跳海自殺的女人。這已是第三次穿衣服下水了。」

但龍二不僅不如此，還說出愚蠢至極的話。

「是在那邊公園的噴水池噴的。」

甚至露出毫無意義的笑容！

冷靜下來後，小登心想：

「這男人希望我喜歡他。讓剛搞上的女人的兒子對自己有好感，好處多多。」

——兩人便緩緩踏上歸途。還有兩小時空檔的龍二，找到了可以打發時間的對象，便以這般心情跟著少年的腳步前行。

「我們兩個好像都有點不自在。」

龍二邊走邊說。這種敏感的體貼本是小登厭惡的，但懸而未決的話反倒順暢地說出口了。

「不要跟我媽說我們在這裡遇見的事。」

「好。」

龍二欣然同意替他保守祕密，那副值得信賴的模樣也讓小登很不舒服。其實希望對方能恐嚇他一下。

「就當我是從海邊回來的。你等一下。」

小登跑到路邊施工中的小土丘，脫掉球鞋赤腳踩進沙堆裡，把沙塗滿了小腿。龍二第一次發現這個一本正經，不懂裝懂的少年，有著動物的敏捷。意識到對方正在觀察自己，小登便以更誇張的動作把沙撥到膝蓋上方，又快速穿上球鞋，不讓附著在腿上的沙掉下來。

「你看，沙子黏在腿上的形狀好像雲形尺。」

他展示汗濕的腿，然後沉穩地往前走。

「要去哪裡？」

「回家。塚崎先生也一起來吧。家裡有冷氣，很舒服喔。」

＊

——客廳裡門窗緊閉，他們把冷氣打開。龍二在有著大花冠的藤椅上重重坐下，小登被女管家叫去洗腳，他故作不願地洗完回來，在窗邊的藤製長椅上躺下。

女管家端著冷飲進來，又開始教訓小登：

「在客人面前動作不雅，小心我告訴你媽。」

小登用眼神向龍二求救。

「沒關係。他今天去游泳，累了吧。」

「是嗎？但也太……」

對龍二沒有好感的管家，像把氣出在小登身上似地，不滿地重重扭動她的大屁股，慢吞吞走了出去。龍二的辯護，這會兒培養出和小登之間的默契了。小登咕嚕咕嚕大口地灌下黃色果汁，往龍二的方向看去，第一次眼中帶著笑意。

「跟船有關的事，我可是無所不知唷。」

「專家也望塵莫及呢。」

「我討厭人家奉承。」

少年從母親的羅紗刺繡抱枕上抬起頭來，眼神變得狂暴。

「塚崎先生何時值勤？」

「日夜都是十二點到四點，所以二等航海員又被稱為『小偷守衛』。」

「小偷守衛？好好笑喔。」

這次少年笑了，身體彎成弓形。

「總共幾人值班？」

「當班的士官一名和兩名舵手。」

「暴風雨時，船大約傾斜幾度？」

「嚴重時三、四十度吧！你爬爬看四十度的斜坡就知道了，跟攀岩一樣。很誇張，總之，那時就是……」

龍二望向遠方，試圖搜索出適當的詞彙。小登在他眼裡看見海上的狂風巨浪，感覺有點暈船。

「塚崎先生的船是不定期船吧？」

「嗯。」

龍二的自尊略受打擊，聲音聽起來不大情願。

「會有三國間運輸的情況嗎？」

「你什麼都知道吔！是啊，有時會把小麥從澳洲送往英國。」

小登的問題愈來愈激進，關心的話題也很跳躍。

「我問你，菲律賓的大宗貨物是什麼？」

「柳安木吧。」

「馬來亞呢？」

「鐵礦石。那你知道古巴的大宗貨物嗎？」

「知道，一定是砂糖啊。別小看我……對了，你去過西印度群島嗎？」

「有啊。但只去過一次。」

「也去海地了嗎？」

「去了。」

「好好喔。那裡有什麼樹？」

「樹？」

「對啊，樹。例如行道樹之類的……」

「喔，那種樹啊。最多的是椰子樹吧！還有，山邊全都是火焰樹與合歡樹。不大記得了，火焰樹和合歡樹很像，總之，花和火焰一模一樣。傍晚快下雨時，天色變暗，火焰會紅得不得了。我以前沒看過那種花。」

他本來想談談自己對孔雀椰林的莫名愛戀，但不知如何對一個小孩說才好，於是就沉默了。內心反而喚起各種航海事項的記憶，以及海洋對他情感上無所不在的魔幻影響。例如波斯灣世界末日般的晚霞，站在吊錨桿邊時輕柔拂面的海風，宣告颱風將近的晴雨表急遽下降的指針等等……

至於小登，猶如剛才清楚在龍二眼中看到狂風巨浪，此時也窺見他內心漸次喚起的幻象。在未知風土的夢幻和上了白漆的航海術語的包圍下，小登感覺下一刻就將和龍二一起被帶去遙遠的墨西哥灣、印度洋與波斯灣等地。一切全拜眼前這位二等航海員所賜。無論如何，小登的幻想都需要一個確切的媒介存在，這正是他期待已久的東西。

幸福之餘，小登輕輕閉上眼睛。

「這小鬼睏了。」

正當龍二這樣想時，小登突然睜開眼，確認二等航海員就在眼前，感到欣喜若狂。

二馬力冷氣運作著，發出沉穩的聲響。房間已徹底涼爽了。龍二的襯衫乾了，粗壯的手臂交疊在後腦勺，指頭碰到藤椅上作工精細、高低起伏的花紋，感覺涼涼的。

就在小登稍事閉眼的瞬間，二等航海員已離開小登夢想的本尊實體，回到自己身處的現實之中了。他開始環視涼爽但略為幽暗的室內，以不可思議的眼光審視壁爐上的金色時鐘、挑高天花板垂下的水晶燈，以及展示櫃上顫顫巍巍的高腳玉花瓶等精緻且靜止的東西。究竟是基於什麼奇妙的理論，讓這個房間既不搖又不晃呢？在昨天以前，它們還與自己毫無關聯，明天離去之後也不會再見。這些物品和自己產生連結，全賴與女人瞬間的眼神交會，以及體內流瀉而出的暗號；也就是他的男性魅力。好比在海上與陌生船隻相遇，給他一種神祕感受。他的肉體造成這個結果，他為這副肉體如今身在此處的極度不真實而顫慄。

「某個夏日的午後，我為什麼會在這裡？與昨晚發生關係的女人的兒子一起恍惚地坐在這裡的我，到底是何許人？直到昨天為止，明確保障我這個人的存在意義的，明明是『我天生是海上男兒……』那首歌，我為它流下的淚，以及有兩百萬元的存摺。」

龍二沉浸在虛空之中，對此，小登當然一無所悉，也沒發現他的眼睛已經不再看向自己了。

昨晚睡眠不足，再加上一連串的衝擊，已經讓他筋疲力竭。剛才對管家說雙眼發紅是大海害的，而現在那雙眼睛也慢慢睜不開了。他開始全身搖晃，陷入睡眠之中，同時，又在紋風不動、無趣荒漠的世界間隙，反芻昨夜開始便數度乍現、光彩奪目的絕對現實。

那是讓完美無瑕的純金刺繡從平整的暗夜織物中突顯出來的幾件東西……換言之，是在月光下轉身，往汽笛方向看去的赤裸的二等航海員……是牙齒暴出的死貓嚴肅的表情與赤紅的心臟……這些光輝燦爛的實體，每一樣都是貨真價實的本尊……這麼說來龍二也是真正的英雄。而那些全都是海上的，或在大海內部發生的事件……小登感到自己慢慢陷入睡眠之中，想著：好幸福呀！真是難以言喻的幸福。

——少年睡著了。

龍二看了表，差不多該出門了。他輕敲廚房門，叫女管家出來。

「他睡著了。」

「每次都這樣。」

「睡著了會冷，有毛毯什麼的嗎？」

「有，我馬上幫他蓋。」

「那我出去了。」

「晚上會再回來吧？」

在外國人家幫傭過的女管家從厚重的眼皮下擠出一絲笑意，抬頭瞥了龍二一眼。

第七章

房子忍住不說出那句話。那句不管真心與否，自古以來女人重複對船員說的話；那句直接承認海平線的權威，盲目崇拜難解的藍色海平線的話；那句不管多驕矜的女性，都能賦予她娼婦般的寂寞、空等和自由的話。也就是：

「明天就要分開了。」

房子知道龍二希望她說，也知道他以單純的男性自尊，賭上女人悲嘆別離的淚珠。話說回來，龍二這男人還真單純呢！從昨晚在公園的對話就可知，那若有所思的表情，本來讓人想像他將說出什麼深刻的思想或浪漫的情懷，不料，他卻突然提到船上伙房裡的菜葉，還不問自答地訴說起自己的身世。明明像在思索如何遣詞用句，最後卻自顧自地唱起了流行歌。

房子知道龍二的內在是踏實的；他不受夢想與虛幻誘惑，像一件作工扎實的舊家具。他身上有著安全的特質，耐久力勝過想像力。而這正是房子喜愛的。多年來房子一直自重自愛，小心翼翼地避開危險。昨晚的危險行徑自己也深感詫異，所以想盡可能地從龍二身上得到安全感的保障。懷著如此想法的房子，無論如何都得放大對方這種實在的特質。她看得很清楚，至少龍二不會在經濟上給她添麻煩。

——走在馬車道[7]前去吃牛排的途中，發現了一家新開的小店，前庭有噴水池，入口的棚子上還掛著一串燈泡，於是，兩人決定先進去喝杯餐前酒。

不知是何巧思，房子點的薄荷雞尾酒上插著一根帶柄的櫻桃。她靈巧地咬下果肉，把帶柄的淡桃色果核放在玻璃製的淺碟裡。

夕陽餘暉灑在前庭的噴水池上，也穿透了整面的窗簾蕾絲，滲入客人稀疏的室內。約莫如此性感又稀薄的光線起了作用，讓房子吐出來的櫻桃核顯得柔潤而溫暖，雖已漸漸在空氣中乾涸……在龍二看來卻格外情色。

他毫無預警地伸出手，把果核放進自己的嘴裡。當下房子「啊」地嬌嗔一聲，但隨即就笑了。她不曾在肉體上感受過如此和諧而愉悅的瞬間。

餐後的散步，兩人選了人潮較少的常磐町一帶。他們無言地十指交纏，漫步在街上，感到身體幾乎融進夏夜裡，為柔情所俘虜。房子下午斟酌著店裡比較空閒的二十分鐘，跑去美容院做了頭髮，此刻，她用空出來的那隻手輕撫它。平時都會稍微刷點香氛髮油，這次卻說：

「不要上油。」

想起美髮師聽到時驚訝的表情，不覺羞紅了臉。在這夏夜街頭的氣息中，房子感覺頭髮即將散亂，身體也快要癱軟。

男人粗大的手指與房子的緊扣，它們明天即將消失在海平面的彼方。對房子來說，這彷彿是個愚蠢且難以置信的瞞天大謊。

「託你的福，我已經墮落了。」

在已關上的園藝公司鐵絲網前，房子說道。

「為什麼？」

龍二詫異地停下腳步。

房子往熄了燈的漆黑鐵絲網內看去，裡面滿是待售的熱帶樹木、灌木叢和薔薇等植物。幽暗而繁茂的樹葉不自然地交錯縱橫，那種眺望，好比自己的內在突然暴露在他人眼前般詭譎。

「到底是為什麼？」

龍二又問了一次，房子還是不答。一直以來，她努力在這塊土地上站穩腳跟，自立門

7 橫濱市中區的區域和道路名。

戶。如今卻像一個將被男人拋棄的海港女子。被迫面對這樣的處境，她想提出抗議，但這是危險的，因為就和說出：

「明天就要分開了」那句話沒什麼不同了。

——因長年跑船的孤獨，龍二早已練就一身本事：不去臆測無法知曉的事。反正不管說什麼，都只是女人常用的託辭，因此第二次的「為什麼」，也混雜了某種想折磨對方的味道。

愈覺得明天將與女人分開一事很痛苦，該情緒的相同根源，就愈誘發出「男人遠赴大義，女人拋卻在後」那句令他魂牽夢縈的話。然而，那不過是一句空洞的陳腔濫調。他比誰都清楚，航海的目的地沒有什麼遠大理想；在那裡，只有夜以繼日的守衛，單調已極的生活，散文式的平淡，以及可悲如囚徒的身世而已。

然後是許多警告電報：

「近來，伊良湖水道南部和來島海峽入口附近，相撞事故頻傳。運行於狹窄水域和入港處之際，務必特別當心。有鑑於公司現況，敬請密切注意，切莫發生海難為盼。海務部長。」

自從海運景氣衰退伊始，「有鑑於公司現況」的句子，就會固定出現在這類冗長的電報裡。

往後每一天，舵手的航行日記也必然記下天候、風向、風力、氣壓、洋面位置、溫度、相對濕度、測程儀度數、速率、航程，以及迴轉數等數據。被精密記載的並非人的內心世界，而是大海日日變幻莫測的心思。

食堂裡汲取海水的人偶、玻璃圓窗、牆面上的世界地圖。有時，窗上的圓形日頭會迫近從天花板垂吊而下的調味瓶又乍然遠離；有時幾乎就要碰到搖晃的暗褐色瓶裝液體了，但隨即又會被迅速地拆散。

廚房牆上寫著早餐菜單：

「味噌湯、茄子豆腐、

蘿蔔乾、

納豆、青蔥、辣椒」

也會用精緻的紙張寫好從濃湯開始上菜的午餐菜單貼在牆上。

然後，是引擎室。塗成綠色的引擎在錯縱糾葛的管路中，總像熱病重症患者全身顫抖地呻吟著。

……明天起，這些又將成為龍二生活的全部。

——和房子說話的地方剛好是園藝公司鐵絲網圍牆的大門口。龍二隨意把肩膀靠在網子上，沒想到門沒上鎖，輕輕往內打開了。

「啊，進得去吔！」

房子說，眼睛閃耀著童真的光彩。兩人在一旁偷看點著燈的守衛室窗戶，溜進這座繁茂得彷彿無人涉足的人工叢林庭院。

他們手拉手，避開玫瑰的刺，也注意別蹂躪了腳邊的花，穿過與身高差不多的叢林，終於，來到周圍盡是繁茂的絲蘭、芭蕉、棕櫚、加那利、鳳凰等椰子類和橡膠等熱帶植物的偏僻角落。

穿著白色套裝的房子，讓龍二有種彷彿在這熱帶植物的景致中初相遇的感覺。兩人小心不被尖銳的葉子刺傷眼睛，身體巧妙地依偎著。在蚊子的低吟聲中，房子身上的香水味濃郁撲鼻。對龍二來說，這情境導致時空錯亂，萬分惱人。

而且，在一層鐵絲網外，幾顆紅色的小霓虹燈恰似游動的金魚，偶有汽車頭燈掃過這片密林。

對面洋酒屋的紅色霓虹閃爍，微微染紅了棕櫚葉片後的女人白皙的皮膚，甚至讓紅豔的雙唇略帶陰翳。龍二擁住房子親吻良久。

就這樣，兩人沉浸在各自的感受之中。房子就是房子，這般的深吻讓她痛切意識到明日將臨的別離。他撫上男人刮鬍後帶有梨子觸感的灼熱臉頰，用力吸嗅那壯碩、糾結的胸肌散發的體味。男人渾身上下無一不傳達著別離的訊息。她也清楚明白，此刻他堅實粗魯的擁抱，是為了確認自己的存在。

對龍二來說，這個吻意味著死亡，是存在概念裡的，戀情中的死亡。女人的唇瓣無可言喻地滑嫩，儘管在黑暗中閉著眼，也知道紅唇內有多麼濕潤。還有她的巧舌，好比溫暖珊瑚礁海裡搖曳生姿的海藻……這一切所帶來的幽暗恍惚之中，存在一種與現下的死亡相連的東西。儘管明天的分離是不爭的事實，龍二仍覺得此刻若要為這女人而死也在所不惜。在他的心裡，死亡是活色生香的。

——那時，遠從新港碼頭隱約傳來的氣笛迴盪在四周。那聲音宛如朦朧的霧靄，不是船員肯定不會注意。

「這時間還有貨船出港呢！裝卸貨完畢的是哪家公司的船？」

吻得火熱之際，這念頭浮上腦海，於是他睜開了眼睛。汽笛聲似乎喚醒內心深處無人確知的「大義」。何謂大義？或許，那只是熱帶地區太陽的別名。

龍二移開嘴唇，慢條斯理地在口袋裡找東西。房子等待著。他的口袋發出紙張的嘈雜聲，好一會兒才拿出一根略折彎的菸放進嘴裡。正要點火時，房子氣得一把搶走打火機。龍二啣著那根折彎的煙往打火機靠進。

「我才不替你點菸呢！」

房子說道。接著，與輕輕的金屬聲同時點燃的火焰，映入了靜止的眼眸。房子開始燃燒身邊枯萎的棕櫚葉花萼。火勢快要延燒到花瓣，卻一直燒過不去。她專注的動作令龍二心生敬畏。

然後，龍二在火光的照耀下看見房子臉上的清淚。知道對方發現了，她立刻闔上打火機。此時龍二再度抱緊了房子。看見女人的淚讓他安心，自己也跟著潸然淚下。

＊

小登焦急地等著母親回來。十點左右，電話響了。過了一會兒，管家來房裡通知他：

「媽媽說今晚要在外面過夜，明天早上回家換了衣服再去店裡。所以今天晚上你要一個人讀書囉。暑假作業還沒完成吧？」

自懂事以來，母親從不曾夜不歸營。事情發展至此，他不特別訝異，但不安與憤怒還是讓他脹紅了臉，因為他一直期待今晚能從抽屜深處的偷窺孔獲得某種啟示或奇蹟。

睡了午覺，現在沒有半點睡意。

幾天後新學期即將開始，桌上未完的作業仍堆積如山。明天龍二走後，媽媽多少會幫他一點吧？或者，要先發上好幾天的呆，腦子無法運作，管不了兒子的功課呢。好吧，就算願意幫忙，她會的只有國語、英文和美勞，社會科的能力已令人質疑，理科和數學根本就不可能。小登不解，數學那麼糟的人怎能經營好一家店呢？大概是對澀谷經理言聽計從之故吧？

參考書翻來覆去，心思卻一點也沒在上面。反而母親與龍二今晚確定不在這裡的事實，令他感到心煩意亂。

坐立難安的小登，開始在狹小的房裡走來走去。怎樣才睡得著呢？去母親房間看看夜船的桅燈好了。或許會有紅色桅燈徹夜閃爍，又或者會像昨晚此時那樣，汽笛聲大作，正要出港也說不定。

母親房間突然傳來開門聲。或許她騙了他，偷偷和龍二回來了呢！於是，他立刻不出半點聲響，小心翼翼拉開大抽屜，捧著輕放在地上。光這樣就已讓他汗流浹背了。

此時，有人在敲自己的房門。小登旋即跑向門邊，無論如何也不能讓人看見這有所圖謀而拉開的抽屜。他使盡全力壓住門，門把轉動了兩、三下，不悅的聲響迴盪在屋內。

「怎麼了？不能進去嗎？」

說話的是管家。

「到底怎麼啦？好吧，算了。那你早點關燈睡覺喔，都快十一點了。」

小登仍用身體緊壓住門，抵死不從地沉默著。

接著，意想不到的事發生了。原以為鑰匙插進了鑰匙孔，卻發現對方粗魯地轉動門把，把門從外面鎖上了。管家竟然也有備份鑰匙！本來以為母親把鑰匙全都帶走了。

怒氣衝天的小登抹去一頭汗水，瘋狂地轉動門把。但門已經打不開了。管家汲著拖鞋，趴搭趴搭下樓的足音漸漸遠去。

小登本想藉這千載難逢的機會溜去老大家，在窗外用暗號叫醒他，無奈這熱切的希望也已成為泡影。他恨起全世界的人，於是開始寫長篇日記，也不忘一併把龍二的罪狀記錄下來。

塚崎龍二的罪狀：

白天偶遇時，竟然對我擠出卑屈、逢迎的笑。

穿著濕答答的襯衫，還用跟遊民一樣的藉口，說是在公園的噴水池沖涼。

擅自和母親外宿，讓我陷於孤獨中。

小登重新想了一下，刪掉第三條。第一、二項是美的、是理想又具備客觀價值判斷的，但第三項顯然與前二者矛盾。想來第三項這種主觀的問題，正好證明了小登的不成熟，絕非龍二的罪狀。

為了排解怒氣，他在牙刷上擠了小山一般高的牙膏，塞進嘴裡使勁翻攪，幾乎要弄出血來。亂七八糟的齒列，在淡綠色泡沫的包覆下，唯見稚氣的犬齒齒尖透出亮白。小登在鏡子裡照見自己的絕望。牙膏的薄荷味將他的憤怒變得純粹。

他飛快地脫掉襯衫，換上睡衣，環視整個房間。作為證物的那個抽屜還沒收拾好。和剛才拉出時相較，現在抬起來重了許多。想到這裡，小登又把它放回地板上，以熟悉而流暢的動作，鑽進抽屜格子深處。

那個洞該不會被封起來了吧？一思及此，不由得全身僵硬。偷窺孔怎麼看不見了？他用指頭去摳。啊，還在！只因對面沒有光，無法一眼看出來。

小登默不作聲地把眼睛靠在洞上。他懂了。剛才母親房間的開門聲，是管家進去把遮光窗簾拉上時發出的。他持續凝視著。透過微弱的光線，隱約可見紐奧良床架的黃銅輪廓，但那光亮看來像有點發霉的樣子。

整個房間像在一個巨大的棺木之中，四處都是濃淡不一的闇影，陰暗、漆黑，殘留著白天的暑熱。世上最黑暗的微粒彼此傾軋，這是小登前所未見的光景。

第八章

昨晚兩人在山下橋畔一家老舊的小旅館過夜。房子在橫濱地區算是有頭有臉的人物，遂有所顧忌，不敢投宿大飯店。已走過這家旅館門前無數次了，是一幢毫無品味的兩層樓建築，周圍的植栽沾滿灰塵。玄關看起來像區公所。單調的櫃臺，牆上貼著船公司的大型月曆。從入口透明玻璃即可瞥見旅館內部。房子從未想過有朝一日會光顧這樣的地方。

上午只假寐片刻兩人就分開了，要到龍二出海前才會再見面。房子先回家換了衣服再到店裡去，至於龍二，直到出海前都必須代替外出購物的一等航海員監督裝貨作業。貨物裝卸最重要的繩索管理，原本就是他的職務範疇。

出海時間訂在傍晚六點。停泊期間沒下雨，故一如預期在四個晝夜內順利完成。即將出航的洛陽丸將前往巴西聖多士，是一趟由貨主發號施令的隨興之旅。

房子提早在下午三點離開店裡，特地為往後一時半刻看不到日本女性和服的龍二，換上一身縐綢質料的浴衣，帶著銀色的長柄陽傘，和小登一起驅車出門。馬路上人車寥落，因此四點十五分就抵達碼頭了。

以黑色磁磚鑲嵌出市營三號字樣的庫房四周仍有幾臺吊車和卡車在作業，洛陽丸的高架起重機也還在空中忙碌。房子打算坐在車裡，等龍二工作結束後下來。

但是小登已經待不住了。他飛奔下車，前前後後好奇穿梭在動態十足的高島碼頭接駁船與倉庫之間。

倉庫內骯髒的綠色鐵架交錯縱橫，嶄新且印著英文的白色木箱堆積如山，箱子各個邊角都鑲有黑色的金屬扣環。猶如溯著熟悉的河川而上，終於抵達源頭般，孩子們對鐵道的終極夢想呈現在小登眼前。當他看見鐵道支線消失在成堆的貨物之中，彷彿站上夢想的頂端，但喜悅之餘，也感到淡淡的失落。

他跑近車子，用力拍打車窗，因為認出龍二就在洛陽丸船首的起錨絞盤旁。

「媽媽，媽媽……」

房子把傘帶下車，與小登並肩而立，一起向身在又高又遠處的龍二揮手。龍二穿著髒襯衫，船員帽斜掛在頭上，舉手回應他們，旋即又消失了身影。龍二努力工作且即將出發的事實，讓小登感到無比驕傲。

房子撐開陽傘，站在外面等龍二再次出現，同時也遠眺著港邊的景色。洛陽丸還繫在岩壁的堤防上，船上的三根繩索大致而清楚地將海港劃分出幾個區塊。某種強烈的、焦灼的悲哀，如海潮裡的鹽分侵蝕著每一寸熾烈又刺眼的夕照風光。某種力量為時而響起的鐵板敲打聲與鋼索拋擲聲，帶來悠長而虛幻的餘韻，同時，那也是一種織入晴朗空氣裡的悲哀的力量。

水泥地的反射讓暑熱無可遁逃，些微的海風亦愛莫能助。

母子倆蹲在堤防角落，背部承受熾熱的西曬，海水拍打在看似白色霉斑的石板上，濺起小小的浪花。接駁船區一隻隻船兒在水面上輕輕搖曳，推擠，碰撞，然後分開。晾在船上的衣物迎風招展，海鷗穿梭其間。許多木片在汙濁的水面上載浮載沉，其中一根原木隨浪濤起伏，閃耀著粼粼波光。

凝視翻滾的浪濤，發現反射陽光的那一面與大海深藍色的一面細膩地交替變換，描繪出極為相似的花樣，甚至會讓人以為其他東西都消失了，只剩下不斷映入眼簾的花紋。

洛陽丸船首的吃水標數字，從接近水面的六十往上攀升，來到八十四到八十六之間的吃水線，最終抵達錨孔附近的九十左右。小登一路出聲讀出數字的變化。

「水位會升到那麼高嗎？那樣可就不妙了呢！」

他察覺母親心情低落，那凝望大海的身影，與之前獨自在房內光著身子攬鏡自照的模樣相似，於是愈發裝出孩子氣地說道。但是母親沒有回答。

海港的水域對面，是拖著長長淡灰色煙霧的中區街道，紅白條紋的橫濱塔高高矗立，洋面已被白色的桅杆占據。夕照下熠熠生輝的積雲堆疊在彼岸的天空上。

接著，洛陽丸對面一艘完成裝卸貨任務的達磨船[8]，被蒸汽動力船拖曳著漸行漸遠。

——龍二下船時五點剛過。他步下舷梯。拖吊用的銀色鎖鍊已經安裝完畢。在那之前，一大群工人戴著黃色安全帽走下舷梯，搭乘寫著N港灣作業株式會社的巴士踏上歸途。停在船邊的港灣局八噸重吊車，也是之前就離開了。貨物已裝載完成。不一會兒，龍二出現。

房子和小登拖著長長的身影向他跑去。龍二壓扁小登頭上的草帽，看著帽簷遮住小登的眼睛，龍二笑了。勞動使他感到愉悅。

「就要說再見了。起程時我會站在船尾。」

他指著遠遠的船尾說。

「我是特地穿和服來的。你大概好一陣子都看不到穿和服的人了吧？」

「如果組團來美國旅遊的日本大媽不算的話。」

兩人的對話異常地少。對於今後將面對的孤寂，房子本想說點什麼，終究還是放棄了。如同一口咬下蘋果的白色果肉，咬痕一產生必隨之變色那樣，三天前兩人在船上初次邂逅時，分別便已開始。因此，這種別離之情，說起來也沒什麼特別。

至於小登，裝出孩子氣，同時，又監控著人物與情境的完美。監控是小登的使命，而它被賦予的時間則愈短愈好。時間愈短，完美遭受破壞的機率自然愈低。

此刻，身為一個即將離開女子前往地球彼端的男人，身為一個水手，一個二等航海員，龍二都是完美的存在。母親也是。作為一個被拋下的女人，一張充分孕育著歡愉的回憶與悲傷的別離的帆船布，她也是無瑕的。儘管這兩天兩人已犯了許多驚險的錯誤，至少此時此刻無可挑剔。小登擔心龍二會再說出什麼愚不可及的話，從深深的帽簷底下，抬眼輪番窺探兩人的表情。

龍二想親吻女人，但顧忌小登在一旁而作罷。宛如一個行將就木者，願意善待身邊的每一個人；此時，他人的感受與回憶更加重要。因此，在這般惱人而甘美的自我厭棄之中，龍二也希望他能盡快消失。

而房子不愧是房子，迄今仍不允許自己有半點將成為癡心等待的女人的念頭。她努力追求一種剎那即永恆的境界：貪戀眼前的男人，於願已足便可。男人有一個輪廓，而且是絕不溢於輪廓之外的、頑強的存在。這使房子感到焦躁。倘若那是曖昧的，如霧靄般的東西該有

---

8 達磨船：運送貨物用的木造或鋼製日式船隻。

多好。但這無稽而頑固的物體實在太堅硬了，記憶難以消化。例如他過分濃烈的眉，那太過硬挺的肩……

「要寫信給我喔，貼上有趣的郵票。」

深諳自身角色的小登說道。

「會的，到各個港口都會寄。你也要回信喔！船員最大的樂趣就是收到信了。」

他藉故出航前還有事待辦，該走了，於是三人輪番握手。龍二登上銀色舷梯，抵達頂端時，回頭向他們揮一揮帽子。

太陽悠然地斜映在倉庫的屋頂，西邊的天際被烈焰包覆，耀眼的陽光灑落在白色舟橋的正面，清晰描繪出人字起重機的柱子和蕈型通風筒的影像。縱橫翱翔的海鷗，羽翼略顯陰暗，唯腹部因受日曬而閃耀著鮮明的雞蛋色光彩。

洛陽丸四周一片寂靜，車子皆已紛紛駛離，只剩一團繼續膨脹、變大的夕陽。此外，有水手正在擦拭高高的欄杆，以及戴著一只眼罩、手提油漆桶給窗框上漆的小小身影。不知不覺間，出帆旗升上了桅桿的頂端，藍白紅三色的信號旗也已斜斜高掛。

房子和小登緩緩朝船尾方向走去。

碼頭前倉庫的藍綠色鐵捲門都已放下。倉庫的牆面長而沉鬱，除了大大的禁菸標誌，還有用粉筆隨意塗寫的新加坡、香港、拉哥斯[9]等海港名。輪胎、垃圾桶、排列整齊的貨車，都拖著長長的影子。

抬頭看船尾，尚未出現人影。排水聲淅淅瀝瀝，船身寫著巨大的警告字樣：「小心螺旋槳」。看似細棉材質的太陽旗[10]迎風飄揚，吊錨柱僅一步之遙，影子就映在旗子上。

五點四十五分，第一聲汽笛響徹雲霄，小登意識到前天夜裡所見並非幻象，此刻，自己正見證一切夢想的起點與終點。接著，龍二的身影出現在太陽旗旁。

「你叫叫他。」

房子說。小登利用汽笛中斷之際放聲呼喊，卻懊惱自己稚氣的嗓音。龍二低頭輕輕揮手，卻因相隔遙遠，看不清表情。隨即，便如前天晚上在月下驟然轉向汽笛聲那般，回過頭去執行任務，不再看這邊了。

房子望著船首，舷梯已被吊起，船隻與地面截然分離。漆成綠色和乳白色的船身，恰似

9　Lagos，奈及利亞海港及最大城市。
10　指日本國旗。

一把突然從天而降的巨斧剖面，劈開了與陸地之間的聯繫。

煙囪吐出大量濃煙，把淡藍色的天空污染得一片漆黑。喇叭聲在甲板上此起彼落。

「船首右滿舵，準備起錨。」

「稍事提錨。」

汽笛再次低聲鳴響。

「船首運行正常。」

「收到。」

「起錨。」

「收到。」

「出發！解開船首繩索！解開船身繩索！」

房子與小登看著拖曳船拖著洛陽丸，從船尾一點一滴地離岸。碼頭和輪船之間波光瀲灩的水域，呈扇形向外擴展。兩人的視線追隨船尾浮橋的龍二白色船員帽的金絲緞漸漸遠去，眼看著，洛陽丸已經轉向，幾乎和碼頭形成了直角。

隨著角度的瞬間變化，輪船也展現出複雜多變的樣貌。整艘貨輪原本占據了岩壁相當寬的範圍，如今，因拖曳船的拖行，有如漸次摺疊的屏風，甲板上的一切開始重複，緊密地擠壓重疊，夕陽餘暉精細地刻進每個凹凸之處，彷彿中世紀城堡，華麗且層次繁複地矗立著。

可惜這般光景也將轉瞬即逝。為使船首朝向洋面，拖輪拖曳著船尾往碼頭方向大幅迂迴而行，於是，複雜疊合的輪船再度開展全貌，從船首開始，一部分一部分地顯現船隻應有的形象。一度不見人影的龍二也與船尾的太陽旗再次出現。他的身影雖可辨識，卻只剩下一根火柴棒的大小。太陽旗也沐浴在重新面向陸地的夕照裡。

「拖曳船，Let's go！」

海風將喇叭聲清晰傳送過來。拖曳船已經駛離洛陽丸了。

洛陽丸暫且停駐，發出三聲響亮的汽笛。片刻間，不安的沉默與靜止持續，船上的龍二，棧橋上的房子和小登，彷彿都被封進同一個膠狀的時間內。

終於，洛陽丸出海前最後一次汽笛響起，震撼了整個海港，抵達市內家家戶戶的窗邊，向準備晚餐的廚房、小旅館不換床單的床鋪、孩子外出時的書桌、學校、網球場和墓地蜂擁而至，使整座城市都籠罩著哀傷的情懷，也冷酷撕裂了毫不相關的人的心。輪船吐著白煙，筆直地朝外海方向前進，龍二便也消失了身影。

第二部　冬

第一章

十二月三十日上午九點，房子獨自前往新港碼頭，迎接即將從海關檢查哨走出來的龍二。

新港碼頭是個奇妙而抽象的區域：一塵不染的馬路，蕭瑟的法國梧桐木行道樹，寥寥無幾的行人，古雅的紅磚倉庫，擬似文藝復興時期的建築等等。老舊的火車吐著黑煙，穿梭在分布其間的鐵道支線上。連小巧的平交道也給人一種不真實、玩具般的感覺。這個城市的非現實感，一定是因為它全都指向航海這件事，連一磚一瓦也像被大海奪去了心魂似的。大海將這座城市單純化、抽象化了，結果使它失去了功能上的現實感，獨獨化作夢境的姿態。

甚至下起雨來。倉庫老舊的紅磚瓦流淌著鮮豔的朱紅，一根根高過屋頂的船桅都淋濕了。為了不引人注意，房子刻意待在車裡等。隔著雨水滑落的車窗，看見船員一一從海關簡陋的木造小屋走出來。

龍二豎起深藍色短外套的領子，壓低船員帽的帽簷，拎著老舊的旅行袋，屈身走進雨中。房子吩咐知心的老司機跑上前叫住他。

於是，像一件淋濕的大型行李被粗魯地扔進來那樣，龍二滾進車內。

「妳來接我了，妳真的來接我了。」

龍二用力抓住房子穿著貂皮大衣的肩頭，激動地說。那張曬得比上回更黑的臉扭曲著，上面流的不知是雨還是淚。相對地，房子的面容因感動而失去血色，在微暗的車內，透明得幾乎可以穿透車窗。兩人邊吻邊哭，龍二的手滑進女人的大衣底下，焦急地四處探尋，彷彿在確認剛救起來的女人是否還有生命。他緊擁房子柔嫩的嬌軀，內心召喚一切她存在的證據。

從這裡到房子家有六、七分鐘的車程。直到過了山下橋，兩人才能正常對話。

「謝謝妳寄那麼多信給我，每封我都讀了上百遍。」

「我也是……這次會在我家過年吧？」

「會……對了，登呢？」

「本來想來接你的，但有點感冒，在家躺著呢。不過，不嚴重，也沒什麼發燒……」

他們不假思索地交換陸地生活者之間的尋常對話。分開的期間，這種交談豈止困難，根本就是天方夜譚，因此，不免覺得夏日那時的關係恐怕無以為繼了。過去的事，成就一個完美卻已終結的圓環，不僅無法再進入其中，甚至會被彈出光輝的圓環之外。事情有可能順利發展，像把手伸進四個月前掛在房間牆上的衣服袖子裡，輕鬆地穿上嗎？

喜悅的淚水驅逐了不安，一舉將他們的心境提升到崇高人類的境界。龍二的心有些麻痺，無法自然感受懷念之情，只覺得車窗兩側的山下公園和横濱塔，不證自明地存在那裡，也和自己多次在內心反芻的一模一樣。濛濛煙雨中的凝望，緩和了風景過於鮮明的性質，使它更接近記憶中的形象，提高了現實的感受。剛下船的人通常會覺得世界是不安而搖晃的，但他卻不曾像現在這樣踏實，如畫中人物被嵌入一個親近又穩固的世界裡。

車子過了山下橋右轉，沿著右邊的運河前行，運河上擠滿了灰色遮雨篷的接駁船。很快地，車子又往法國領事館旁的斜坡駛去。雜亂的雲朵開了，天色變亮，眼看即將雨霽天晴。車子爬上坡頂，行經公園前，再從谷戶坂通左轉駛進小路，停在黑田家門前。大門到玄關只有兩、三步路，原本濕透的石坂道，如今已透出光亮，快要乾了。老司機替房子撐傘，按了玄關的門鈴。

出來應門的是女管家。房子說，玄關太暗了，把燈打開。龍二一腳跨過低矮的門檻，走進微暗之中。

那一瞬間，龍二被某種奇妙的感覺襲擊，猶豫著是否要跨過那道門檻。

其實他應該已經和女人一同踏入那與過去完全一致、光輝燦爛的圓環了，卻又感到有種難以言說，異於以往的細膩差別。無論晚夏出航的別離之際，亦或之後屢屢稍來的書信裡，女人都小心翼翼避開了海枯石爛等用語。直到剛才的擁抱，龍二才確認兩人想要回去的是同一個地方。只因歸家心切，無意弄清那微妙的差異為何，因此，沒意識到即將進入一個截然不同的家。

房子接著說：「之前雨下得好大呀，不過，就快停了。」

此時玄關燈亮了。狹小的玄關妝點著威尼斯風格的鏡子，琉球大理石鋪設的地板浮現眼前。

客廳壁爐裡的薪柴已燒得通紅，爐臺上放著帶座的方形木盤，上面鋪滿裡白葉、交讓木、馬尾藻和昆布等供品，還供奉著鏡餅1。女管家端茶過來，鄭重地問候龍二。

「歡迎您回來。大家都期盼已久了。」

異於往日的是，客廳裡增加不少房子新製的手工藝品，並且擺飾著小型獎盃。

房子依次說明。龍二離開後，自己對網球與刺繡的熱衷更勝以往，遑論週末，連平日也會趁著店裡清閒的時段，溜去妙香寺臺2附近的網球俱樂部練習。晚上就對著桐木繡框的羅紗專心刺繡。與航海有關的作品增加了，例如南蠻屏風的黑船和古雅的舵輪抱枕，都是秋天以來的新作。獎盃是在忘年會女子雙打比賽得到的。對龍二來說，這些全象徵著房子獨守空閨的貞潔。

「其他就沒什麼特別的了。」房子說：「自你走後，沒有值得開心的事。」

與龍二分開時根本不打算等他，卻在別離之際就已開始了等待。房子說，那樣的自己很可悲。她埋首工作，努力應酬客人，原以為忘記他了，卻在客人離開，店裡恢復寂靜時，聽見中庭裡的噴泉。房子側耳靜聽，不禁愕然。直到那一瞬間，才發現自己早就在等了。

——和以往相比，房子已能不經矯飾，流暢自如地細訴衷腸了。之前一再大膽的書信告白，給了她意想不到的自由。

龍二也變得比過去開朗而健談。那是從第一次在檀香山收到房子的信開始的。他明顯變成一個好相處的人，也開始加入食堂內聊天八卦的行列。不多久，洛陽丸的士官們對他戀情的細節便已瞭若指掌。

「去看看小登好嗎？他一直期待見到你呢，昨晚肯定也沒怎麼睡。」

龍二從容起身。他無疑已成為大家期盼且熱愛的對象了。

從行李袋裡拿出小登的禮物，跟在房子身後走上樓梯。記得晚夏時分的第一夜，幾乎是

1 日本過年時供奉用的大小兩個疊在一起的扁圓狀年糕。

2 位於神奈川縣橫濱市中區。此地之妙香寺為日蓮宗寺院。

躡手躡腳上樓的。如今他步伐穩健，因為這家人已完全接納他了。

小登聽見上樓梯的聲音。等待使人緊張，他躺在床上，全身緊繃。小登注意到腳步聲與他殷殷期盼的若有不同。

敲門聲響起，房門旋即大大敞開，一隻深棕色的小鱷魚出現在門邊。雨停後的晴空恰巧為房裡注入流水般充足的光線，讓牠浮在空中僵硬的四肢、大張的嘴、閃著紅光的眼珠，乍看宛如活物。小登尚未完全退燒，用混沌的腦子想著：有人會用活生生的動物做盾徽嗎？記得龍二說過，珊瑚礁海域的環礁之內，就像不起波紋的池塘，但遠洋上的環礁外側，滔天巨浪襲來退去，破碎的白色浪花遠看如夢似幻。小登心想：和昨天相比，我那漸漸退去的頭痛，就如遠洋環礁對面群起蜂擁的白浪。鱷魚是他頭痛的、遙遠權威的盾徽。事實上，疾病使這少年的表情略顯嚴肅。

「喏，送你的。」

此時從門後秀出鱷魚的龍二也現身了，他穿著灰色高領毛衣，臉曬得跟黑炭一樣。

小登想起曾暗自起誓：這種時候絕對不陪笑。便用生病當擋箭牌，順利保持住不苟言笑的樣子。

「奇怪，之前明明那麼期待你回來的呢，難道又發燒了嗎？」

母親的話很多餘，從不曾看她像此刻這般卑微。

龍二不以為忤，直接把鱷魚往他枕邊一放，說：「這是巴西印第安人做的標本。所謂印第安，是真的印第安喔。祭典時會在羽毛頭飾前，裝上這種小鱷魚或水鳥標本，並在額頭上貼三面小圓鏡。篝火一反射，看起來就像三眼小鬼。頸飾用的是豹牙，腰纏豹皮，身背箭筒，手持漂亮的彩色弓箭……這個鱷魚標本小雖小，但確實是祭典禮裝的一部分。」

「謝謝。」

小登僅隨意稱謝，撫摸著小鱷魚背上平淡無奇的隆起和萎縮的四肢，發現紅色玻璃珠眼球的邊緣，還殘留巴西鄉間小店滯銷品的灰塵，然後開始反芻龍二剛才所說的話。床單又皺又潮，燃燒的爐火令室內悶窒，嘴唇的乾燥皮屑掉在枕頭上，是自己剛剛撕下來的，不知這樣是否會讓嘴唇看來過於紅豔。此時，小登不假思索地看向那個有著偷窺孔的抽屜，但立刻就後悔了。萬一大人也順著視線看去，發現異狀怎麼辦？但旋即又想：沒事。大人比想像得遲鈍多了。尤其他們正旁若無人地沉醉在愛河。

小登直勾勾地盯著龍二。熱帶豔陽曝曬過的臉龐增添更多的陽剛味，凸顯他濃密的眉毛與亮白的牙齒。問題是，連一開始的冗長解說，都像在刻意配合小登的期待，又像之前屢屢逢迎小登信中誇張的感情，顯得不大自然。再見龍二，不知為何，有種冒牌貨的感覺。終於，小登忍不住脫口而出：

「是嗎？怎麼感覺像仿冒品。」

對此，龍二善意地解讀：

「嘿，別開玩笑了。是因為太小嗎？就算鱷魚，小時候也是很小隻啊。你去動物園看看。」

「小登！講話怎麼這麼沒禮貌。拿集郵冊給人家看看如何？」

母親不等他伸手，逕自把桌上那本精心貼集的郵冊拿給龍二看。上面都是他從世界各地寄來的郵票。

面向窗前的日光，母親坐著翻閱集郵冊。龍二站在她身後，雙手架在椅背上，從上往下瞧。這兩人的側臉還真是好看，小登心想。此時，他的存在已被忘卻了。稀薄澄淨的冬陽照在兩人勻整側臉的高挺鼻樑上。

「你何時要再出海？」

小登突然迸出這個問題。

母親愕然回頭看小登，臉色瞬間刷白。這肯定是她最想問，卻也最不敢問的問題了。

龍二刻意把臉轉向窗戶那邊，微微瞇上眼，片刻後才慢條斯理地回答：

「還不知道。」

這個答案重創了小登。房子沉默不語，像一只用軟木塞把種種翻騰的情緒封存在內的瓶子。是一種不知幸或不幸的女子、愚蠢的表情。那時在小登看來，母親就像個洗衣婦。

過了一會兒，龍二悠悠地說：

「畢竟新年之前都在裝卸貨。」

無論是謊言或事實，他的聲音裡都充滿了慈悲；是一個確信自己能影響他人生命的男人的聲音。

——母親和龍二一離開，小登就因憤怒而面紅耳赤，開始瘋狂咳嗽。他從枕頭底下抽出日記本，這樣寫道：

「塚崎龍二的罪狀：

第三項　問他『你何時要再出海？』竟然回答『還不知道』。」

小登擱筆想了想，愈發火冒三丈，繼續寫道：

「第四項　他終究又回到這裡了。」

過了一會兒，小登為自己的憤怒感到羞恥。「你的無感訓練到哪兒去了？」他多次鞭打自己，深入內心省察，直到憤怒的影子半點不剩，才重讀了第三與第四項，確認沒有任何需要修改的地方。

此時小登聽見隔壁房間發出細微的聲響。母親好像在裡面，龍二似乎也是……這個房間也沒有上鎖。小登心跳加速，腦子飛快運轉著：在這沒上鎖的房間，這樣的上午時分，我該如何盡快地，快一分一秒也好，拉出大抽屜鑽進裡面而不被發現？

第二章

房子的禮物是個犰狳[3]手提包，上面綴著一顆像老鼠頭的奇怪玩意，五金和車縫都相當粗糙，但即便如此，她還是喜孜孜地拎著到處去，在店裡也逢人便誇，惹得澀谷老經理頻頻蹙眉。

除夕一整天雷克斯都很忙，龍二也無法排開下午的值班，於是兩人就各忙各的。如此小別半日，雙方都覺得挺自然的。

房子從店裡回到家已過了晚上十點。有龍二的幫忙，和小登、管家三人聯手大掃除，故較往年的除夕提早完成。和在船上時一樣，龍二俐落地下達指令。今晨已退燒的小登也欣然受命，愉快打掃著。

龍二捲起毛衣袖子，纏著頭巾。小登也有樣學樣，在頭上綁毛巾，氣色很好。房子返抵家門時，二樓已徹底清潔完畢了。那時他們拿著拖把和水桶，正要下樓來。房子驚訝又喜悅

3 犰狳：有殼的哺乳動物，生活在中南美洲和美國南部地區。

地望著如此光景，也關注病後初癒的小登。

「沒問題的。做點事，流流汗，感冒就好了。」

龍二強勢的語氣，有點強迫人安心的況味，卻是這個家久違了的「男性用語」。短短一句話，就讓老舊的柱子和牆壁也堅實了不少。

一家人聽著除夕夜的鐘聲，吃了跨年蕎麥麵，一同歡慶新年的到來。另外，女管家每年重提的陳年往事，自然也是少不了的。

「我以前待過的麥克葛雷格家呀，每年過年都冠蓋雲集。十二點一到，大家就互相親吻，我還被一個落腮鬍的愛爾蘭大叔，親得滿臉都是呢……」

回到寢室，龍二立刻與房子做愛。黑夜將盡，黎明訊號出現時，龍二突然提出一個孩子氣的點子：「我們去附近公園看元旦的日出吧！」房子很興奮，臣服在天寒凍下出遊的瘋狂念頭下。

兩人迅速將所有能上身的衣物穿上。房子在緊身褲外加了一件西裝褲，並在羊絨毛衣上套了一件華麗的丹麥製滑雪毛衣。龍二還用短外套的袖子裹住她的肩膀，然後躡手躡腳地開門出去。

溫熱的身體接觸拂曉的空氣令人舒爽。他們在無人的公園裡奔跑，歡笑，在絲柏樹林中追逐，競相呼出白茫茫的熱氣。因徹夜歡愛而濕潤的口唇，一吐氣，便感覺要結成凜冽的薄冰。

兩人倚在能俯瞰海港的柵欄上，此時，六點已過了好一會兒。黎明前的金星南傾，大樓的照明、倉庫的簷燈、外海上紅色桅燈的明滅都清晰可見，橫濱塔迴轉燈的紅綠光束仍在幽暗的公園內銳利巡梭著，家家戶戶的輪廓已變得明確，東邊的天際也泛出紫紅色的光。

搖動灌木枝椏的寒風吹在身上，遠處隱約傳來今年最初的、悲壯的雞鳴。

「但願這會是美好的一年。」

房子說出新年願望，臉蛋暴露在寒風中，龍二立刻吻上身邊的紅唇，回應道：

「一定會的。」

一棟建築物逃生梯的紅燈，與輪廓逐漸清晰的水面相接，龍二看著眼前景象，深刻描繪出陸地生活的感受。今年五月他也將滿三十四歲了，那太過漫長的夢想已不得不捨棄，同時，也須認清世上並不存在為他量身打造的光環。清晨透出最初而隱約的灰藍色光芒，倉庫廊簷下微弱的燈光仍抗拒著不願醒來，但龍二知道自己已不能繼續沉睡了。

即便元旦，瀰漫在海港的沉鬱顫音仍一如往常。也有渡船發出乾澀的鼓動聲，離開運河的接駁區準備出航。

在時間的推移下，逐漸紅潤而豐盈的水面染上了葡萄色，從停泊中的船隻落下的幾絲燈影也隨之變淡。六點二十五分，公園的水銀燈全都瞬間熄滅。

「冷嗎？」

龍二問了好幾次。

「冷得連牙齒都在打顫了。不過沒關係，太陽就快出來了。」

龍二問了多次「冷嗎」，同時也叩問自己的內心。真的要放手嗎？放下對大海的情感：那非比尋常的動盪不斷帶來的、陰翳的陶醉，那別離的壯闊，流行歌的甘美之淚……還有，那推動你成為一個與世隔絕的，真正男子漢的遭遇。

厚實胸膛內潛藏著對於死亡的憧憬。遠方的榮耀與他鄉的死亡。一切的一切都在「他方」，如論如何，都在遙遠的「他方」。你要捨棄它們嗎？你總是直接觸及陰暗的漩渦和雲端的崇光，因此，內心或是扭曲，或在受阻後放肆地昂揚，久而久之，難以分辨最高貴的與最卑劣的情感，於是，便將功過全歸向大海。這種無拘無束的自由，你能否真的放下？

這次航行中龍二發現自己已受夠船員生活的悲慘與無聊了；他確信已嚐遍箇中滋味，沒有何新鮮事尚待體驗。看！哪來的榮耀？走遍世界也找不著。北半球也好，南半球也罷，甚至在船員們憧憬的南十字星空下也一樣！

——原本木材場複雜難辨的水面已看得一清二楚了。繼雞鳴而起的是蘊含著羞赧之色的天空。氤氳霧靄下，海港的船隻反而和隨後熄滅的桅燈一樣，看起來夢幻飄渺。天際朦朧而火紅，雲彩橫向拖曳包覆整個洋面，兩人背後的公園漸漸泛白，橫濱塔迴轉燈的光束也已退去，只剩忽明忽滅的紅綠燈光，標示著它的位置所在。

實在太冷了，兩人憑欄相擁，踱步取暖。寒氣毫不遲疑地從腳底往上竄，露在外面的臉反而覺得沒那麼冷。

「就快了。」

房子在突然婉轉鳴唱的鳥叫聲中說道。寒風中冷得發顫的雪白皮膚，讓出門前才急匆匆抹上胭脂的紅唇益顯嬌豔。龍二不禁為她的美心蕩神馳。

沒多久，木材場右方遠處薄墨色的高空浮現迷濛的紅色輪廓。太陽瞬間形成一個紅色食用色素般的圓，起初有如一輪紅色的滿月，光線微弱尚可直視。

「一年的第一天，能這樣兩個人一起看日出，真好。而且這是我生平第一次在元旦看日出呢！」

房子的聲音因嚴寒而異於平時。

冬日的甲板上，龍二逆著北風對房子堅定地大喊：

「嫁給我好嗎？」

狂風卻把他的問題吹了回來。龍二急了，故連不必多言的話也一併道出：

「嫁給我好嗎？也許我只是一個平凡的小船員，但從不曾放浪形骸過。我有兩百萬的存款，這點錢，妳可能看不上眼。晚一點再讓你看存摺，是我全部財產，不管妳要不要，我都會交給妳。」

如此平實的告白，比龍二預期的更搏得了成熟女子的芳心。房子喜極而泣。

龍二不安的眼睛，已無法直視轉趨熾烈的陽光了。汽笛鳴響，車聲迴盪，海港裡連綿不絕的聲音逐漸高騰，水平線因霧靄而迷濛，此時陽光終於像飄散的紅色煙霧，灑落在正下方的水面上。

「好，我願意。但是，很多事我們還得好好商量才行。例如小登的看法，還有我的工作等等……我有一個條件，行嗎？就是說，如果你馬上又要去跑船，那樣，我覺得恐怕行不通。」

「不會立刻，或許，以後也……」

龍二語帶含糊。

*

房子平時住在毫無日式色彩的建築裡，過著洋風生活。唯有元旦這天，會遵循傳統習俗賀年：飲屠蘇酒[4]，在西式餐廳裡吃年菜。守歲過了午夜，用若水[5]洗臉後走進餐廳，龍二仍不覺得自己身處日本，而是在北歐某個海港城市的日本領事館。以前在歲末年終抵達海港時，貨船士官曾受邀參加領事館的新年賀宴。屠蘇酒杯、蒔繪[6]臺木杯、漆器餐盒裡色彩繽紛的酒杯，也像這樣被放在明亮的西式餐桌上，等著客人享用。

盛裝打領帶的小登，與大家互道新年快樂。要喝屠蘇酒時，往年都第一個享用的小登，今年也不假思索地伸手去拿，不料，卻遭到母親制止。

「真奇怪！塚崎先生竟然要喝最小的那杯。」

小登故作孩子氣地說，以掩飾自己的尷尬。他專注看著塚崎用他粗壯的手，把相形更小的梅花酒杯包進手裡再送到嘴邊。透著梅花圖案的朱色蒔繪酒杯，埋在他慣於馴服粗大繩索

4　過年期間飲用的酒，撒上屠蘇藥草，有趨吉避凶的意涵。
5　元旦當天汲取的水。
6　一種泥金畫的技法。

的手指中，更顯卑俗粗野。

龍二一飲而盡，小登也沒催促，他就自顧自講起了在加勒比海上遭遇颶風的事。

「船一開始搖晃，飯也沒辦法煮了。但還是勉為其難地煮熟，做成握壽司。碗盤不能放在桌上，於是大家把大廳的桌子收好，盤腿席地而坐，簡單解決一餐。

但是這次加勒比海的颶風實在太大了，洛陽丸又是從外國買來的二十年老船，一遇狂風巨浪就立刻淹水。海水從船底的鉚釘孔大量灌進來。這下子也不分士官和下屬了，每個人都淋得像落湯雞，十萬火急地把水舀出去，或鋪上防水墊，組裝水泥箱，灌入水泥。過程中，即使被撞得七葷八素，或停電一片漆黑，也無暇顧及。

是的，不管跑船多少年，最討厭的還是暴風雨。這時都會覺得這次死定了。颶風來時也一樣，前一天夕陽烽火連天，又黑又紅，海面上卻風平浪靜……讓人有不尋常的預感……」

房子雙手摀住耳朵大叫：

「唉呀，討厭、討厭，好可怕，別再說了。」

冒險經歷明明是說給小登聽的，母親卻擅自亂入，掩耳抗議，真是矯情。小登如是想。又或者，根本一開始就是要說給母親聽的？

想到這裡，小登心裡頗不是滋味。同樣是航海體驗，但龍二的語氣已與往日不同了。

好比沿街叫賣的商人，卸下背上的行囊，攤開大大的包袱巾，髒兮兮的手拿起面前五花八門的商品大肆推銷。大概就類似那種語調。各種琳瑯滿目的商品，如加勒比海的颶風、巴拿馬運河的沿岸風景、巴西鄉間沾滿紅塵的祭典、天空的積雲、讓全鎮瞬間淹成水鄉澤國的熱帶驟雨、陰暗天空下大聲啼哭的七彩鸚鵡等等……

第三章

一月五日洛陽丸就出海去了，龍二沒有上船，繼續留在黑田家作客。

雷克斯六日開始營業。龍二任由洛陽丸獨自離去一事，讓房子心花怒放。她中午就到店裡去了，澀谷經理率全體店員向她恭謹拜年。

店休期間，英國商品的代理店寄來好幾打商品出貨單。

Messrs. Rex & Co., Ltd., Yokohama

Order No. 1062-B.

船名是艾魯德拉德，品項有兩打半的男用套頭上衣和背心，三十四、三十八、四十號的長褲一打半，共八萬兩千五百圓，還會被收取一成佣金，總計九萬零七百五十圓。若一個月左右賣出去，五萬塊的利潤應該不成問題。因為多半是老主顧委託代購的，至少有一半的商品能立刻售出。至於沒馬上賣掉的，擺多久也不會掉價，這就是透過一流代理商進口的英國貨優勢。零售價由對方指定，若降價求售，就會被終止交易。

澀谷經理進到房子辦公室說：

「這個月二十五號傑克森商會要辦春夏商品展。邀請函已經到了。」

「是嗎？又得跟東京百貨公司的採購部門較勁了，但那些人毫無品味可言呀！」

「確實。」

房子在桌上型行事曆那天上面做了記號。

「明天要一起去通產省[7]對吧？我很不會應付官員，恐怕只能在一旁陪笑了。一切拜託你囉！」

「沒問題。我有老朋友在那裡擔任多年的下級文官。」

「對！以前聽你說過。那太好了。」

雷克斯為了因應新客戶需求，和紐約一家名為「Men's town and country」的紳士用品店簽了特約。已請對方發行信用狀了，不過，進口許可的申請還是必須自己處理。

房子看著辦公桌對面消瘦而風雅的老經理駝色背心領子，突然想起什麼似地問了聲：

「對了，澀谷先生，你身體怎麼樣？」

「不大理想。本來以為是神經痛，現在痛感已蔓延到全身了。」

「看醫生了嗎？」

「還沒。剛好遇到過年……」

「你不是年底就開始不舒服了？」

「年底忙得要命，沒時間看醫生。」

「還是快去檢查一下比較好。你要是倒下，我可就慘了。」

老經理含糊地笑了笑，長滿老人斑的蒼白的手，神經質地摸了摸原本就已緊實的領結，確認現在狀態如何。

女店員從開著的門進來，通報春日依子已經到了。

「該不會又是出外景吧？」

房子下來中庭。身穿貂皮大衣的春日依子這次沒人陪同，她正彎著腰端詳玻璃展示櫃內的東西。

依子簡單買了蘭蔻口紅和百利金女用鋼筆後，房子邀她共進午餐，這位知名女星一聽就開心允諾了。

房子帶她去一間位於西之橋對岸後街的法式餐廳，叫做「桑托爾」，許多遊艇玩家常在

7　通商產業省之略稱，日本舊制行政機關之一，現更名為經濟產業省。

此聚會，餐廳經營者是一位從法國領事館退休的老美食家。

房子開始用審視的眼光，觀察這個單純，或說少一根筋的孤獨女子。最佳女主角獎的期待落空的她今天會來橫濱，恐怕也是為了避開世人無情的眼光吧！即使圍繞在她身邊的人多如繁星，但能坦誠相對的，也只有這個交情不深的舶來品女店主。房子決定用餐時絕不提她沒得獎的事。

兩人享用馬賽魚湯，搭配餐廳私釀的招牌葡萄酒。依子看不懂法文菜單，是房子幫她點的。

「媽媽桑好漂亮，我真想跟妳一樣。」

身材高大的美女依子說道。房子暗忖：沒人像依子對自身美貌如此等閒視之的了。明明乳房豐滿，明眸動人，鼻形優美，還有令人癡迷的性感雙唇，卻總為莫名的自卑感所苦。她相信並懊惱得不到最佳女演員獎，是因為在男人眼裡自己只是一盤秀色可餐的佳餚。

房子打量眼前這個不幸但大有名氣的美麗女子。她正露出滿足的神情，爽快地在女服生遞上的簽名冊上簽名。那陶醉的模樣顯示了愉悅的程度；即使現在有人要求依子割下一只乳房，她應該也不會吝惜吧！

「這世界能信賴的也只有粉絲了，即使那些人非常善變。」

用餐中，依子點著了進口的細長女性淡菸，語氣粗魯地說道。

「你不相信我嗎？」

房子調侃她，知道這個問題會讓依子產生幸福感。

「要是不信，就不會大老遠來橫濱啦！說起朋友，只有妳一人！真的，相信我……老實說，我好久沒這麼平靜了，真是託了媽媽桑的福。」

依子又了用她最厭惡的稱呼叫她。

牆上掛著十七世紀瑪莉號和十九世紀美利堅號等頗有歷史感的帆船水彩畫，但店裡最醒目的還是紅色的格子桌巾。除了他們以外，小小的餐廳裡沒有別組客人。狂風把老舊的窗框吹得嘎搭作響，窗外空蕩蕩的馬路上，報紙在北風肆虐下不停翻飛。唯有灰色倉庫的牆壁阻擋了視線。

依子披著貂皮大衣用餐，沉甸甸的金環項鍊在胸前晃動，彷彿神轎上威嚴十足的七五三繩[8]。她藉由大快朵頤來逃避俗世紛擾，也從自己的野心中解放開來。依子像個強悍的女性勞動者，在辛苦工作的暫歇中彎身坐在向陽的枯草地上，露出了滿足的神情。

---

8 新年為了不讓災殃入家門而拉起的界線繩，或用於區別聖域與俗界的繩子。

無論幸或不幸，誰看了都覺得理由牽強，依子卻獨自撐起一家十口的家計。這一瞬間，她對生活的能耐昭然若揭；而她毫不自覺的美，就是出自這種力量。

房子發現理想的諮詢對象正是眼前這位女性，於是開始滔滔不絕地向她傾訴。連本來無須著墨的細節，也因敘述過程中的幸福感而和盤托出。

「什麼？他把兩百萬的存款簿和印鑑也給妳了？」

「我一直推辭……」

「沒必要推辭呀。真有男子氣概！雖然那點錢對妳而言只是九牛一毛，但心意可感不是嗎？這時代竟然還有那麼棒的男人。但凡來接近我的男人，全都另有所圖……妳實在太幸運啦。」

依子的事務能力出乎意料，一聽完立刻對房子下達明確的指令。首先，要以結婚為前提，委託徵信社調查。那時得準備對方的照片和三萬塊左右。急的話一週內就會有結果。我恰巧認識可靠的徵信社，隨時樂意介紹給妳。

第二，或許無須多慮，但跑船的人常患有惡疾，建議房子帶他去信賴的醫院檢查一下，交換彼此的健康檢查報告。

第三是小孩的問題。因為是男孩與新爸爸的關係，和繼母不同，應該不大需要擔心。既然小孩看來把他當做英雄崇拜（而且本質上他若真是好人），那麼關係肯定會順利。

第四，片刻也不能讓男人遊手好閒。假如未來有意扶植他做雷克斯的老闆，明天起，就該讓他到店裡邊做邊學，而且澀谷老經理的健康狀況也愈來愈差了。

第五，光就存摺一事來看，可知他不是工於心計的男人。但去年起海運景氣已開始低迷，航運業股票也連番下跌，可見他有意收手，不再跑船了。所以，就算妳是寡婦，也要保持平等相待的心態，免得被對方看扁了。

依子一口氣傳授這麼多教戰守則，房子明明比自己年長，卻像面對小孩似地諄諄教誨。房子沒想到一直以來視為笨女人的她，心路竟如此清晰。

「妳真是可靠啊。」

房子感佩萬分地說。

「老實告訴妳吧，其實很簡單。之前我有個論及婚嫁的對象，就告訴公司的高階製作人了，妳知道，光映的村越先生是赫赫有名的人物。見面時，他笑嘻嘻地恭喜我，工作、人氣、契約之類的隻字不提，讓我感到很愉快。但接著就把我剛才跟媽媽桑妳說的話，一條一條列出來。我聽了嫌煩，全權委託他處理。一週後就得知那傢伙竟然有三個女人，兩個私生子，惡疾纏身，好吃懶做，還打算婚後把我家人全都趕出去，自己什麼事都不做，在家享福呢……哼，男人全都那副德性。當然也有例外啦……」

瞬間，房子覺得依子很可恨。奇妙的是，這恨意中也包含了自己作為一個道地且正派的布爾喬亞的憤怒。她發現依子出於潛意識的譏諷，並非針對龍二個人，而是對於房子良好的家世與教養，正統風雅的黑田家家風，當然，也包含了先夫的名譽，亦即對房子擁有的一切的羞辱。

房子的出身與依子有著天壤之別，自己的邂逅怎能和依子的遭遇相提並論呢。她咬著唇，暗自忖道：以後一定要讓她了解我們的不同。但目前沒辦法，誰叫她是店裡的客人。

房子也沒意識到自己的憤怒，是站在與去年晚夏那熾烈而突發的熱情完全矛盾的立場上。與其說是為龍二生氣，內心深處其實在為喪夫後自己苦心經營的，雖孤兒寡母但頗健全的家庭而憤慨。在房子聽來，依子的嘲諷正是她最恐懼的非難，即世間對於自己「行事莽撞」的批判。正當她想方設法，要讓此事得到一個「妥善的解決」時，依子卻故意講出這種不吉利的話……房子為死去的丈夫生氣，為黑田家惱怒，也為小登而憤怒。千絲萬縷的不安，讓房子面色蒼白。

「假如龍二有什麼見不得人的祕密，是一個爛男人，我怎麼可能看得上眼？和依子那種笨女人不同，我的眼光可是精準得很。」

然而，當房子這樣想時，等於否定去年夏天難解的熱情了。刹那間她的心中思惟沸騰高漲，幾乎就要衝口而出。

——依子一派悠閒地啜飲著餐後咖啡，絲毫沒察覺房子的內心正波濤洶湧。

無預警地，依子把左手的衣袖捲起一小截，露出白色的手腕內側。

「絕不能告訴別人喔，是媽媽桑我才說的，妳看，這就是當時弄的傷；我用剃刀割這裡，沒死成。」

「天哪！怎麼沒見報？」

房子趕緊拉回心神，激動地說。

「村越先生四處奔走，才把媒體壓下來。但流了好多血呢。」

依子把手舉高，自憐地在手腕上輕吻，再移過去給房子看。那裡只剩幾條雜亂的白色細痕，不仔細看還真看不出來。一定一開始就不嚴重。這麼一點小傷讓房子鄙視，便故意仔細檢查，一副怎麼也看不清楚的樣子。

房子又回到雷克斯女主人的身分了，她蹙眉同情地說：

「唉，真可憐。當時要真有個萬一，全日本不知多少粉絲會心碎呢！這麼美的身體，太可惜了。答應我，以後千萬別再做傻事了。」

「不了，這麼蠢的事，拜託我我也不幹。現在我只為會為我的死而流淚的人活。媽媽桑也會為我哭嗎？」

「豈止是哭而已呀。好了，別再說這個啦。」

房子的語氣充滿無可比擬的疼惜。

本來覺得去拜託依子推薦的徵信社很不吉利，但轉念一想：就算是賭氣，也非要在同一家公司得到相反的結果不可。

「對了，明天我剛好要和店經理一起去東京，結束後我會支開他，自己跑一趟徵信社。能請妳在名片上寫幾句介紹的話嗎？」

「小事一樁。」

依子從鱷魚皮手提包裡拿出剛買的女用鋼筆，又在包包裡摸索了一陣，找出一張自己的名片。

＊

八天後，房子給依子打了一通很長的電話。她得意地說：

「我是打來道謝的。真的很感恩。全都照妳說的做了……是的，非常順利……調查報告很有意思喔。三萬塊真的很便宜耶。我唸給妳聽吧。現在有空嗎？就當作陪我，聽聽看囉！

「特殊調查報告書

「上面寫著：依閣下委託之事項，謹覆調查結果如下。

「一、關於塚崎龍二

「一、指定事項。——當事人所述履歷之真偽。女性關係及同居事實之有無。其他。

當事人履歷與委託人所知全無出入。其母正子於當事人十歲時亡故。其父塚崎始，任職東京都葛飾區區公所，之後並未再婚，獨自撫養兒女長大成人。老家於昭和二十年三月空襲時燒毀。同年五月，其妹淑子因出疹性傷寒病逝。當事人於商船高校畢業後……唉呀，大致上就是這樣啦，文筆好差喔。接下來的就略而不談囉……至於女性關係，上面說概無延續至今之長期情侶關係。遑論同居，更無可視為長期戀愛關係者。怎麼樣？這樣的說法……性格略有彆扭之傾向，惟工作認真負責，富責任感，身強體健，亦無就醫紀錄。另，據迄今為止之調查，本人及其近親概無精神病乃至其他遺傳疾患之徵兆……然後，然後，啊，對了，當事人無金錢借貸關係，既無公司借款，亦無預支費用，財務方面極其潔癖。性好孤獨，不喜社交，與同事間之來往未必融洽……反正只要和我融洽就行了嘛……喔？是嗎？妳有客人？好，那我掛了喔！太感謝了，妳人真好，說什麼也要跟妳說聲謝謝呀！就等妳哪天有空，再光臨小店吧！……妳說他嗎？是的，都照妳交代的，兩、三天前就開始讓他來店裡實習了。下次妳來，就能介紹你們認識了！是的……對啊……真是感激不盡。再見。」

第四章

小登就讀的中學十一日開學，只有半天課。年假期間大家都沒機會見面。特別是老大，父母心血來潮帶他去關西旅遊。這天，久未碰面的眾人在學校吃了便當，之後，想找個人跡罕至的地方，便往山下碼頭最偏僻的角落走去。

「你們都覺得那裡很冷對吧？大家都是這樣想的。錯！其實那是個擋風的好地方……總之，去看看就知道了。」

老大說。

這天午後天氣轉陰，寒意倍增。少年們別過臉去，背著海上襲來的北風往山下碼頭的盡處前行。

碼頭最邊緣的填海造地已經完成，只剩一個棧橋工程還在進行。灰暗的大海洶湧翻騰，兩、三個浮標在波浪的洗滌下不斷晃動。對岸陰暗的工廠一帶，電力公司的五根煙囪特別醒目，飄出來的濃濁黃煙，遮蓋了原本就模糊難辨的屋頂稜線。疏濬船停在左方尚未完工的棧橋旁，幾個工人的沉重呼聲沿水面傳來。往棧橋左側的盡頭看過去，作為港口門柱的紅白色低矮燈塔，幾乎重疊在一起。

右方市營五號倉庫前的棧橋邊，停泊著一艘破舊不堪、五、六千噸貨輪。船尾的國旗因海潮濡濕而變成鼠灰色。倉庫彼方的外國船隻看似在下錨，白色起重機林立在屋頂後方，樣子煞是好看。在這抑鬱的景象中，唯有那裡看來光輝耀眼，像正要展翅高飛。

大家馬上就了解老大說的擋風是什麼意思。許多銀色和綠色的巨大箱型容器，毫無章法地堆在碼頭與倉庫間的空地上，大小看起來能輕鬆裝進一頭小牛犢。那是有著堅實鐵框的薄木箱，木板也漆成看似鐵架的銀色，上面各自寫著輸出物的商店名。那些東西被隨意棄置，任憑風吹雨打。

六個少年逕自躲入各容器的間隙，又突然從中跳出，或者撞在一起，或者相互追逐，如兒時般天真嬉戲。當老大在一堆銀色箱子中，找到一個只剩鐵架，兩側壁面皆已剝除，貨物也全部清空，內部呈現明亮木色的箱子時，大家已經玩得滿頭大汗了。他學伯勞鳥的叫聲，示意眾人集合。於是，六個人有的坐在木板上，有的手撐鐵架站著。感覺這奇妙的容器隨時會被吊車吊起來，升上冬日陰鬱的天際。

他們輪流讀出內側木板上的魔術筆塗鴉：「山下公園見！」「全部忘記，不要負責！」……就像連歌[9]的附句，每句都刻意扭曲或竄改前一句的希望與夢想。「年輕人，戀愛吧！」「女人算什麼，全都忘掉吧！」「永懷夢想！」「黑色的心，黑色傷痕的藍調」……還可見少年水手顫慄的靈魂。「I changed green. I'm a new man.」……一艘貨船畫著四支箭頭，右邊的射向橫濱，左邊的射向紐約，上面的射向天堂，下面的射向地獄。此外，大大寫著「ALL FORGET」的字樣，被強而有力的圓圈圈住了。眼神憂鬱的船員肖像，豎著短外套的衣領，嘴裡叼著彎曲的大煙斗。這一切都訴說著航海的孤獨與令人焦躁的憧憬，刻畫著自負與難解的憂傷。宛如謊言般典型。悲哀且執拗地誇耀自己有資格夢想變成那樣。

「真是鬼話連篇。」

老大氣憤地說。他白皙、稚嫩而且無力的手握起拳頭，敲打著塗鴉的牆壁。那小小的手對六人來說是絕望的印記。他們甚至被排拒在謊言之外。

儘管老大曾說過，世界已被貼上不可能的封印，最後能將它撕去的只有我們而已。

「你的英雄後來怎樣了？喂，三號！我在問你。聽說那傢伙回來了。」

老大意識到眾人的視線，陰冷毒辣地問。邊說邊迅速從外套口袋裡，掏出一副有襯裡的厚實皮手套戴上，並將火焰般赤紅的內裡反摺在外面。

---

9 日本傳統定型詩之一，以三十一音的和歌為基礎，遵循嚴格的規律，由多人連作而成。

「回來了。」

小登恍惚地回答。迸出這個問題令他怏怏不悅。

「那他在航海時，幹了什麼了不起的事嗎？」

「沒有……喔，他說在加勒比海遇到颶風。」

「是嗎？又往頭頂倒水，淋成落湯雞了吧？就像上回在公園噴水池那樣。」

老大的話讓大家笑出來，而且一開始笑就沒完沒了了。小登覺得嘲笑是衝著自己來的，隨即又穩住情緒，在自尊心的支撐下，如同報告昆蟲生態那樣，不帶情感地敘述龍二後來每天的生活。

一月七日前，龍二都賦閒在家。得知洛陽丸一月五日已出航時，小登深受打擊。這男人原本是與洛陽丸緊密合一的。夏天出海時，他曾化為遠去船隻上光輝燦爛的一點，如今，卻擅自把自己從那美好的整體中切開，斬斷了與輪船、航海幻想之間的聯繫。

沒錯，休假期間小登纏著龍二問了不少航海的問題，得到其他同伴望塵莫及的廣泛知識。但他真正渴望的並非那些，而是說完後立刻振翅離去，留在身後的藍色點滴。那才是小登心之所繫。

大海、輪船與航海的幻想，只存在閃耀的藍色水滴中。但每一天，龍二的身上都沾染了可憎的陸地的氣息：家庭的氣味、鄰近的氣味、和平的氣味、烤魚的氣味、問候的氣味、不動如山的家具的氣味、家庭收支簿的氣味、周末旅遊的氣味……也就是生活在陸地上的人身上，或多或少都有的屍臭味。

龍二已開始努力增進陸地生活的修養了，例如耽讀房子所推薦、無聊的文學作品和美術全集；教材上不會出現航海術語的「看電視學英語」；房子為他講授的店鋪經營之道；穿上大量從店裡拿回來的「品味卓絕」的英國貨，甚至是訂製款西服和外套……終於，一月八日，龍二開始陪房子去雷克斯上班了。他雀躍地穿上為那天而特別趕製的西服。

「雀躍地。」

小登冷冷地說。

「雀躍地呢！」

一號學他的口氣。

聽著聽著，大家都笑不出來了，漸漸體認到事態嚴重，預示了共同夢想的終焉和愚蠢不快的未來。這個世界或許終究什麼事也不會發生！

那時，一艘掀起白浪斜切海面的小型機動艇，在群箱的縫隙間一閃而逝，引擎拖著長長的尾音。

「三號！」老大倚在木板壁上，眼神抑鬱地問：「你想再次把他變成英雄嗎？」

小登聽了感到一陣寒意。他沒回答，蹲下來，用戴著手套的指頭撥弄著鞋尖。過了一會兒，才顧左右而言他地說：

「那傢伙把船員帽、短外套和穿髒了的高領毛衣，都好好收在自己的櫃子裡，應該還捨不得丟吧。」

一如往常，老大對回答充耳不聞，只用他冷靜而澄澈的聲音，片面宣告：

「能讓他再次變成英雄的方法只有一個，但是，現在還不能說。能說的時候不久就會到了，而且會很快。」

當老大抛出一個話題，後面要說什麼是不容任何人揣測的。他輕易把話題轉回自己身上。

「接下來說說我的事。新年旅行時，很難得，每天從早到晚都跟我爸媽大眼瞪小眼。你們想想看，父親這種東西真是令人作嘔的存在，是背負人類一切醜惡的毒瘤。

「正確的父親根本不存在，因為父親的角色就是萬惡之源。嚴厲的也好，慈祥的也罷，或者位於兩者之間，走中庸路線的，全都是王八蛋。他們阻擋了我們的人生，把自卑感、無法實現的願望、怨恨、理想、一生無法說出口的自嘆不如的事、罪惡、美夢、自己都有沒勇氣遵循的戒律……總之，隨時準備好要把所有的愚昧強加給兒子。連我老爸那種對小孩漠不關心的人也不例外。平時根本不照顧我，最後卻抵不住良心的苛責，要我體諒他的苦心。

「新年我們去了嵐山，過渡月橋時，我問他：

「『爸爸，人生到底有沒有目的？』

「你們懂吧，我是在對我爸說：你幹嘛還活著？怎麼不趕快死掉算了。但以他的水準是聽不懂這麼高級的嘲諷的。他一臉訝異，瞪大眼睛看著我。大人這種驚愕的表情看起來很蠢，真讓我打從心底厭惡透頂。最後他說：

「『兒子呀，人生的目的不是別人給的，要靠自己努力追求！』

「怎麼會有這麼白癡又八股的教誨呀。他在為人父者該說的話上，按了其中一個按鈕。你們應該看看他的眼神，那是一個父親對所有獨創性的戒備，一味窄化世界的眼神。父親這種東西是蒙蔽真實，欺騙子女的機制，其實這樣也還好，最糟糕的是，他們相信自己代表無人知曉的真實。

「父親是世界的蒼蠅，無時無刻不盯著我們，趁機逮住我們的腐敗。這些噁心的蒼蠅，透過我們的存在向世界宣揚和我們母親交媾的事實。他們無所不用其極地癱瘓我們絕對的自由和完全的能力，來保護他們所建構的，骯髒的世界。」

「我老爸還是不買空氣槍給我。」

二號環抱膝蓋咕噥著。

「永遠都不會買啦。你也該覺悟了吧：會買空氣槍給你和不買的父親都一樣爛。」

「我爸昨天又揍我了。新年以來這已是第三次。」

一號說。

「你說他揍你？」

小登顫慄地問道。

「搧我耳光，或揮拳打我。」

「為什麼不反抗？」

「我打不過他。」

「那你就、那你就……」，小登激動地用他尖細的聲音說：「在他的土司塗上氰酸鉀什麼的，毒死他！」

「挨打還不是最糟的！」老大赤紅的薄唇，唇角微微上揚。「更糟的事還多得很。你不懂啦，你很幸運，你爸死後你就變幸運兒了。但你也該看清楚這個世界的醜惡了，不然你是永遠不會有力量的。」

「我家老頭每次喝醉回家，都會對我媽媽家暴。如果我護著我媽，他就擺出一張死白的老臉，奸笑說：『滾開。不要剝奪你媽的樂趣』。」

四號說。

「我知道我爸在外面有小三、小四、小五。」

四號繼續說。

「我老爸整天只知道求神拜佛。」

五號說。小登問：

「求什麼？」

「嗯，就是全家平安、天下太平、生意興隆之類的。我老爸覺得我們是模範家庭。家裡整齊清潔，大家正直誠實，反正都是好事就對了。我們還會餵食屋頂上的老鼠，以免他們偷吃呢。……吃完飯大家都會把盤子舔乾淨，這樣才不會辜負老天爺的恩賜。」

「那也是你爸的命令嗎？」

「他從來不下命令，總是以身作則，去做最討厭的事，後來大家就學著做……你真幸運，要好好珍惜啊。」

小登對自己與眾人有別，沒受到同樣黴菌的侵犯，感到有些焦躁，同時，也為自己在偶然的幸運下形成的，如玻璃工藝般纖細的特質而顫慄。他能免於邪惡的侵擾，順利活到現在，不知是何恩賜。自己那纖弱的、恰如新月的純淨。自身的無垢向世界伸展，就像航空網複雜而全面的觸手……但它恐怕隨時會被硬生生地折斷吧。世界不知何時將失去它的開放性，逼小登穿上悶窒的緊身衣。那一天似乎已迫在眉睫了……想到這裡，小登覺得自己將產生無比瘋狂的勇氣。

老大被寒風吹得龜裂的臉面向小登，卻盡可能不看他。剃得勻整而乾淨的柳葉眉顰蹙著，透過箱子的間隙，凝視灰色海面上的煙霧與厚重的雲朵。用他銳利且亮白的門牙，咬住皮手套的紅色內裡。

第五章

母親的態度變了。變得溫柔，還會撥空照顧小登。但對小登來說，這肯定是某種前兆，預示著即將發生令人難以接受的事。

某天晚上，他道了晚安，正要上樓時，母親連忙說：

「鑰匙、鑰匙。」

一邊拿著鑰匙圈追上來。小登在「鑰匙、鑰匙」聲中察覺出異樣。像那樣跟上樓，在房門外上鎖，早已是每晚的慣例了，無論心情平靜或煩悶，都不曾聽她說過「鑰匙、鑰匙」。

此時，穿著深栗色格子睡袍，正在讀《商店經營實務》的龍二，彷彿「不經意聽見」地似地抬起頭，喚了母親的名。

「怎麼啦？」

站在樓梯中段的母親轉過身去，聲音裡嬌嗔的甜蜜，讓小登聽了渾身不舒服。

「往後就別上鎖了，如何？登也不是小孩了，什麼能做什麼不能，應該會分辨的。登，對吧？」

聲音從偌大的客廳裡擴散上傳。身處樓梯陰暗處的小登，不僅紋風不動，也沒有回答，像一隻被逼進死角的小動物，眼神閃爍，充滿警戒。

母親並未責怪小登無禮，維持她宛如油脂般柔嫩滑順的慈愛。

「太好了！你很開心吧？」

母親強迫小登認同，把他帶進房裡，檢查課本與課表以免忘記帶去學校，並且確認鉛筆都削好了。數學作業已在龍二的協助下完成，母親卻仍四處照看小登的睡前準備是否妥當。那身姿輕柔萬分，動作圓熟至極，小登覺得像在觀賞水中舞蹈表演。最後，母親說聲晚安，出去了。沒聽見熟悉的上鎖聲。

——被獨自留下來的小登突然感到不安。他看穿了這場戲，但是，看穿了也得不到任何安慰。

龍二他們設下了捕兔圈套，明確期待著被捕者的憤怒，以及熟悉的巢穴氣息將徹底翻轉意義，讓作繭自縛者產生對周遭世界的豁達與寬容。要是兔子中計就糟了；圈套會把兔子變得不再是兔子。

小登在未上鎖的房裡深感不安，闔上睡衣衣領，不停地發抖。他們開始洗腦了。恐怖的破壞教育逼迫這個快滿十四歲的少年「成長」。借老大的話來說，是在強迫他「腐敗」。小登的腦子發燙，思索著一件不可能的任務：我該如何既在房內，又從房外把門鎖上呢？

*

後來的某日，小登放學回家時，母親和龍二已穿好晚禮服在等他了。他們要帶小登去看電影，令他十分欣喜，那是期待已久的七十釐米、波瀾萬丈的大片。

電影結束後去了南京街，三人在餐廳二樓一隅的小包廂裡用餐。小登很喜歡那裡的菜餚，更愛上面有旋轉盤的圓桌。

菜上齊後，龍二對房子使了個眼色。房子似乎需要藉酒壯膽。少量的紹興酒讓她的眼睛紅了。

小登從不曾接受過大人如此款待，也沒看過他們在自己面前如此躊躇。這似乎是大人的某種儀式。他們要說什麼小登早已心知肚明，大抵都是些無聊話。母親和龍二坐在圓桌對面，把小登當作心靈易受創傷、驚嚇，無知又纖弱的小鳥來對待，那態勢還真壯觀。他們將這隻纖細，一碰就碎，柔毛豎起的小鳥放在盤子上，思索該如何在不傷害牠感受的前提下，一口吃掉牠的心臟。

小登也不是不喜歡自己在母親與龍二想像中的可愛形象，但他有必要讓自己看起來像個受害著。

「好了，仔細聽媽媽說喔，因為這件事很重要：你就要有新爸爸了，塚崎先生就是你爸爸。」

小登面無表情地聽著，他相信自己看起來極度茫然。目前為止也還好，令小登始料未及的是，母親接下來說的話竟然愚蠢到這種程度。

「……你死去的爸爸是個好人。他死的時候你已經八歲了，應該記得他很多事，很懷念他吧！但是，媽媽這五年來非常寂寞，你也一樣對吧？你也覺得媽媽和你終究需要一個新爸爸，是嗎？你懂吧。你不知道媽媽多想為你找一個新爸爸。一個理想的、堅強又溫柔的爸爸。你死去的爸爸人太好了，所以媽媽才更苦惱。不過，你已經長大了，能理解的，對嗎？這五年來我們孤兒寡母過得多辛苦啊。」

愚蠢的母親還連忙拿出香港製的手帕擦眼淚。

「這全是為了你好唷，小登，全都是為你著想。世上再也沒有塚崎先生這麼強壯、溫柔、偉大的爸爸了……你要聽話，今天開始就叫他爸爸。我們的婚禮下個月初舉行，到時候會請很多人來參加。」

龍二的眼光從沉默的小登臉上移開，不斷把冰糖放入紹興酒杯裡攪拌，拌勻後一杯接著一杯喝下肚，他害怕自己在少年面前顯得厚顏無恥。

小登知道自己此時既受撫慰又令人恐懼。這種溫柔的恫嚇而令人陶醉。他自如地操控著自己冰凍的心，嘴角浮出一絲笑意，是沒做作業的學生從懸崖上跳下去時，自負而隱約的笑。

龍二斜眼瞥去，在紅色合板製的圓桌對面捕捉到這個微笑，卻又再次誤解了。他把握良機回給小登一笑，跟那次在公園噴水池淋成落湯雞，讓小登大失所望的浮誇的笑一樣。

「好，那我也不叫你登了，直接叫小登吧！來，小登，和爸爸握手。」

龍二在圓桌上伸出強健的手，小登像費力撥開水面，沉重地伸出手，無論如何卻碰不到他的指尖。最後，終於碰到了。一碰到，就被對方粗大的指頭拉過去，熱烈又粗魯地握住。小登整個人像被捲進龍捲風，捲進一個令他厭惡至極，混沌溫吞的世界。

……那天晚上，母親道晚安後把門帶上，但沒有上鎖。此時，狂躁席捲了小登，他嘴裡多次重複著：冷硬的心，如鐵錨般冷硬的心。然後，感覺非把自己鋼鐵般的心挖出來，放在掌心上瞧瞧不可。

母親臨去前關了瓦斯暖氣，因此房裡的寒氣與暖氣開始緩緩交疊。此時若能迅速刷牙，換上睡衣，鑽進被窩裡就沒事了。

然而，難以捉摸又不悅的沉重感，讓他連脫下套頭毛衣都懶。他不曾如此焦急地等待母親再次出現，哪怕只是忘了說什麼而回來也好。有生以來，這是第一次像今晚這般鄙視母親。

在逐漸逼人的寒氣中默默等待。累極了，便開始一些無端的想像。例如母親再次出現，大聲說：

「全都是騙你的啦，故意騙你好玩的，對不起唷。我們絕不會結婚的，不然世界末日會到來，港口十艘輪船沉沒，陸上的火車大量翻覆，街上的櫥窗玻璃破碎，嬌豔的玫瑰全都變得焦黑如炭。」

但母親遲遲沒回來，於是他開始編織幻想，想像母親若回來肯定會受窘的情境。會有這種念頭，何者為因何者為果，已經無從得知。小登為此備受打擊是當然的，但期待母親回頭之心如此殷切，恐怕是因為想要重重傷害她吧。

在自己也為之悚然的勇氣驅使下，小登雙手顫抖。自從房間不再上鎖那晚開始，他就不曾碰過那個大抽屜了。是這樣子的。去年三十日那個上午，龍二回來後兩人便關進母親房間裡。小登從頭到尾偷看了他們緊緊交纏，不停抽動的驚人狀態。但上午時分鑽進沒上鎖的房間抽屜這種冒險的行徑，還是嚇得他膽戰心驚，之後都不敢再犯。

如今，小登以賭咒的心情，希望世界能發生小小的革命。假如自己是天才，世界只是虛妄的，那麼，自己一定有能力證實此事。而這只需要在母親與龍二所信仰的、茶碗般光潔滑順的安穩世界裡，製造出一絲裂縫即可。

小登突然衝向抽屜，雙手放在拉環上。平時盡力不弄出聲音，現在卻故意用力拉出來，重重摔在地上。然後暫時停下來側耳傾聽，可是，沒聽見任何回應這聲巨響的動靜，更沒有匆忙上樓的腳步聲。除了自己狂躁的心跳以外，四周鴉雀無聲。

小登看了看時鐘，才十點。此時腦袋冒出一個奇妙的想法：他打算躲進抽屜的洞穴裡讀書。這真是美妙的諷刺。要嘲笑大人骯髒的思想，沒有比這更好的點子了。

小登拿著英語單字卡和手電筒鑽進抽屜深處。母親應該會被某種不明力量吸引而來一探究竟吧。看到小登的異樣，會立刻察覺他的目的吧。然後，會因羞恥和怒火，把小登拖出來，甩他耳光吧。這時，小登就要出示英語單字卡，以待宰羔羊般無邪的眼神，說：

「為什麼不可以？人家在這裡讀書啊！狹窄的地方比較能專心。」

——想到這裡，小登被空氣中的灰塵嗆得笑了出來。

蜷曲在洞穴之中，不安消退了，甚至覺得剛才那麼激動很可笑。誠如真實出自謊言所述，終於能靜下心來學習了。總之，對小登來說，這裡就是和赤裸宇宙緊密相連的世界盡頭，是無法逃得更遠的所在。

他憋屈地彎起手肘，拿手電筒照單字卡，一張張讀著。

abandon……丟掉、遺棄。

這個字很常見，早就很熟悉了。

ability……能力、才能。

和天才有何不同呢？

aboard……在船上。

船又出現了。他想起出海時甲板上此起彼落的喇叭聲，以及絕望宣言般的、金色的巨大汽笛……absence……absolute……在手電筒的光照下，小登靜靜墜入夢鄉。

龍二和房子很晚才回房。今天晚餐對小登說的話，讓兩人卸下心頭重擔，感覺一切都抵達了另一個新的階段。

然而，要上床時，某種不明所以的羞恥在房子心中甦醒。或許因為說了太多嚴肅的話和骨肉之間的情感，房子首次感到如此安心，與此同時，也興起一種難解的，神聖而莫名的害臊。

之前都順著龍二喜好，讓室內燈火通明，這次房子換上龍二喜歡的黑色睡袍躺下後，要求他把燈全部關掉。於是，龍二在黑暗中與房子做愛。

結束後，房子說：

「本來以為關燈比較不難為情，但剛好相反，漆黑之中反而覺得一直有人在偷看。」

她的神經質讓龍二覺得好笑。他環視房間，在窗簾的遮蔽下，看不見窗外的燈光。房間一隅回流式瓦斯爐發出的不是火焰，而是宛若遙遠小都會夜空中微弱的藍光。床鋪的黃銅柱子在黑暗中顫慄著淡淡的光芒。

龍二的眼光突然投向與隔壁房間相鄰的牆壁，腰板上是造型古典的波浪狀木雕。一絲光線滲入幽暗中。

「那是什麼？」龍二淡淡地問。「小登還醒著吧？這房子也舊了，明天我就把那縫隙填起來。」

房子從床上抬起水蛇般細長而白皙的頸子，仔細盯著洩出的光線瞧。她以驚人的速度理解了情況，抓起一旁的睡袍，手伸進袖子裡，不發一語跳起來奔出房間。龍二立刻叫她，但她沒有回應。

小登的房門開了。短暫的沉默之後，似乎傳來房子的哭聲，於是龍二也下床來。不知道現在過去是否妥當，他猶豫著，在黑暗中來回踱步，然後點亮了檯燈，坐在窗邊的長椅上抽菸。

小登驚醒。有個巨大的力量踐住他的褲子，把他從抽屜裡拖出來。一開始不清楚發生什麼事。母親纖細卻有彈力的手，恣意抽打在他的臉頰、鼻子和嘴唇各處，讓他睜不開眼睛。出生以來，母親第一次這麼凶狠地打他。

剛被拖出來時，不知母親還是小登的腳勾住了抽屜，裡面的襯衫全部噴飛，小登一隻腳被亂七八糟的襯衫堆絆住，跌坐在地上。母親的力氣竟然如此之大，完全出乎意料。

好一會兒，小登才抬起頭，仰視筆直站在那裡睥睨著他、呼吸急促的母親。深藍色底，銀色孔雀刺繡的錦織睡袍裙襬大幅開展，下半身看來有如威嚇感十足的彪形大漢。愈往上愈纖細的上半身顯得特別遙遠。高高聳立在最上面的，是她上氣不接下氣，感覺瞬間蒼老了許多的臉，此時母親已淚流滿腮。頂端天花板的強烈光束，從背後投射在她散亂的髮尖上。

小登很快便理解了發生的事。此時，一個遙遠的記憶在他冰冷的後腦勺浮現。很久以前自己也曾經歷這樣的瞬間，肯定是多次在夢中預見的受罰場景。

母親開始嚎啕大哭，淚眼中仍狠狠瞪視著小登。說話內容聽來並不分明。

「可悲！太可悲了！我兒子竟然這麼不要臉，做出這種事。我乾脆死了算了。小登，你看你幹了什麼丟臉的事。」

小登為自己不想申辯「是在背英文單字」而詫異。但那已經不重要了。母親絕無誤解，她已親身接觸一直以來厭惡至極的、如水蛭般醜陋的「真相」。就這一點而言，小登從不曾和母親這麼親密過；他們是如此相像的、等價的人，要說彼此幾乎感同身受也行。小登撫著因挨打而灼熱如火的臉，想仔細見證這麼接近的兩人，瞬間即將錯身而過，漸行漸遠。他明白母親的憤怒與悲傷，並非發現事實的本身；令她無法自處的羞恥和悲哀，全都來自某種偏見。她當下就對這件事做了詮釋，既然世間尋常的解釋是她激動的原因，那麼，我正在讀英文這種故作瀟灑的辯解，又有什麼幫助呢？

「我已經拿你沒辦法了。」過了一會房子說道。她的聲音聽來平靜得令人發毛。「這麼可怕的小孩，我已經不知道怎麼辦了。你等著，我叫爸爸來教訓你。叫他好好修理你，直到你不再犯為止。」

很明顯地，母親希望小登聽了會哭著向她求饒。

此時房子內心產生了疑慮，這才意識到此事必須妥善處理。她得把龍二尚未現身和小登哭著道歉的時間銜接好，以便讓一切在龍二看來朦朧不清，維持住她身為母親的尊嚴。所以小登必須盡快哭著道歉才行。況且，都已威脅要叫父親來教訓他了，那麼，母子和好一事她就不能主動。如今房子只能等。

小登也一逕沉默著。他唯一感興趣的是，機器開始滑動後，終將抵達何處的問題。他曾在那個黑暗抽屜的洞穴裡，抵達自身世界的延伸——大海與沙漠的邊境。既然一切都從那裡開始，既然將會因為到過那裡而受罰，就不能再回到這個要死不活的街道，也不能讓臉頰俯貼在布滿溫熱淚珠的草地上了。他對著晚夏小偷窺孔中光輝燦爛的相關造型，以及轟隆汽笛聲中人類美好的頂點發誓，自己絕不會讓這種情況發生。

那時房門看似猶豫般地搖了一下。龍二探頭進來。

知道自己和兒子都已錯失良機讓房子心生怒意。龍二要嘛根本不必出現，不然就該在第一時間跟過來。她對龍二如此拙劣的現身方式氣憤難耐，也因急著處理自己沸騰的情緒，而更怒不可抑地把氣出在小登身上。

「到底怎麼了？」

龍二慢吞吞地走進房內。

「爸爸，你來教訓他。不揍他一頓，壞毛病是不會改的。這孩子竟然鑽進抽屜裡面，偷看我們的房間。」

「真的嗎？小登。」

龍二的詢問聲中沒有怒氣。

小登伸直雙腿坐在地板上，沉默地點點頭。

「那……嗯……是今天突發奇想吧？」

小登堅定地搖頭。

「但，只有一、兩次，是嗎？」

小登再度搖頭。

「意思是一直如此？」看見小登頷首，房子與龍二不約而同相視無言。在兩人視線交會的藍色閃電中，小登愉快地想像著龍二夢想的陸地生活與房子深信的健全家庭發出崩壞的聲音。但這種時刻，愈對自己的想像力有著忘我的自信，就愈會敗給了感情，因為，一直以來小登都熱烈地期待著什麼。

「是嗎？」

龍二的雙手隨意插進家居服的口袋裡。睡袍下兩條毛茸茸的腿暴露在小登的眼前。

此時，龍二被迫做出一個父親應有的決斷，這是他陸地生活首次面對的脅迫。大海狂暴的記憶，讓他對過去厭惡的陸地產生不當且過度的溫柔想像，幾乎阻礙了本能的作法。揍他一頓很簡單，但困難會在前方等著他。他必須有威嚴地得到愛：解決日常生活中的困難，結算每天的收支……大致同理女人與小孩莫名的情緒，而且，面對這種突發狀況，也得準確掌握未來情勢，做一個適切的教育家……總之，絕不能以處理海上風暴的方式處理陸地上的問題。他必須知道：每天陸地上吹的只是拂面的微風。他並沒意識到大海的影響如此深遠，使他無法分辨情感的崇高與卑劣，甚至覺得在本質上陸地是不會發生重大事件的。因此，他愈想做出具現實性的判斷，陸地上發生的事就愈帶有奇幻的色彩。

首先，他不能對房子的話照章行事，揍她兒子。龍二知道她最終感謝的會是他的寬容。而且，淡化這一切讓龍二相信自己的父愛。即便內心對這個說起來有點難纏，封閉又早熟的小孩沒有感情，急著擺脫強加在身上的義務，但此時卻被一種錯覺所俘虜，彷彿已真心投注了父親的情感。不僅如此，他似乎到現在才發現這種情感的存在，而自己的愛竟以如此曲折笨拙的方式呈現，也令他感到錯愕。

「是嗎？」

龍二又說了一次。他從容不迫地蹲下，盤腿坐在地板上。

「媽媽也坐下。我想，這不是小登一個人的錯。我突然闖進你的生活，給你帶來巨大的變化。雖然我沒做什麼壞事，但你的生活驟變是事實。生活的變化對中學生來說，理所當然會產生起好奇心。你的行為不對，確實非常不應該。往後要把好奇心用在讀書上，懂嗎？

「至於你看到的，我什麼都不說，也不會問。你已經不是小孩了，將來我們一定可以笑著談這件事的。媽媽妳也冷靜下來。讓我們忘掉過去，手牽手快樂地生活吧！爸爸明天就把那個洞補起來，那麼今晚的不快就會慢慢淡忘了。可以吧，小登。」

小登聽著龍二的話，覺得快要窒息。

他心想：這男的在講什麼鬼話？以前那個偉大的，發光發熱的男人到哪裡去了？

一字一句都讓小登不可置信，他想學母親尖叫：「啊，真可悲」。這男人的話沒一句能聽，他竟然用那麼肉麻的聲音，說出那麼下賤的話。那些骯髒的話語，是人類在惡臭巢穴中的喃喃自語，直到世界末日，都不會從我口中說出。此時此刻他還得意地說個不停。他對自己深具信心，更滿足於自己所接下的、父親的角色。

你盡量滿足吧！

小登作嘔地想。明天，這男人就要用他下賤的手，那善於在週日做木工的父親的手，把他曾有過的片刻輝煌，那通往不存在這世界的輝煌通道，永永遠遠地封住了。

「怎麼樣？可以吧，小登。」

龍二說完，把手伸過來搭在小登肩上，他本想閃開的，但終究沒有辦法，只一味想著：

老大說世上有比被打還慘的事，是真的。

第六章

小登拜託老大召開緊急會議，於是六人放學後在外國人墓地下方的市立游泳池集合。

宛如馬背的山丘上種滿了繁茂的橡樹，從山丘上往下走便可抵達游泳池。他們在斜坡途中停下腳步，從常磐樹林間遠眺冬陽下閃耀的外籍人士石英墓地。

從這邊看過去是石材十字架與墓碑的背面，它們排列在有著兩、三段高低差的山坡上。墳墓與墳墓間有綠中帶黑的鳳尾蕉，十字架後面供奉著溫室花朵，鮮豔的紅黃兩色明顯不合時令。

山丘的右方是外國人墓地，從正面望去，可見山谷下住家屋頂上方的橫濱塔，而游泳池就在左邊的丘壑之間。淡季泳池的觀眾席經常是他們絕佳的會議地點。

大樹的樹根外露在地面上，如粗黑的血管，盤根錯節地向山坡綿延。六人跑跑跳跳，橫越斜坡，再穿過枯草密布的小徑，往山谷的泳池方向去。許多常磐樹環繞著泳池，池底的藍色油漆剝落見底，水也已經乾涸了，取而代之的是四散在角落的枯葉。周圍一片寂靜。藍色鐵梯在離底部很高之處就斷了。山崖有如屏風圍住了這一邊，遮蔽了西斜的陽光，使池底看起來日暮將近。

小登跟在大家身後跑，一邊想著為數眾多，全都面向另一邊的外籍墳墓。背對此處的墳墓與十字架。既然說他們全都朝向另一邊，那麼，我們身處的這個後側，又該叫做什麼才好？

以老大為中心，六個人在發黑的水泥觀眾席上坐成一個菱形。起先小登沒有說話，直接從書包裡拿出一冊薄薄的筆記本交給老大。刺眼的大紅色在封面上寫著「塚崎龍二罪狀」。

眾人的脖子都向前伸長，和老大一起唸出聲來。那是小登日記的一部分，加上昨晚的抽屜事件，已高達十八項。

「這太糟了。」老大沉痛地說：「光第十八項就有三十五點，總共……嗯，第一項五點，愈到後面愈多，遠遠超過一百五十點。太驚人了。再不處理不行了。」

「真的沒救了嗎？」

「有點可憐，但確實沒救了。」

一時，六個人都沉默了。對老大來說，這是缺乏勇氣的象徵，他捏碎枯葉，把較硬的葉脈纏繞在指間，開始說：

「我們六個是天才，而這個世界，如大家所知，是空洞的。我已經說過很多次了，但你們仔細想過嗎？認為我們做的事都會被容許，那就還太淺了。我們才是容許別人的一方；老師、學校、父親、社會等全部垃圾。那並不代表我們無力，因為容許是我們的特權。問題是如果有絲毫憐憫之心，就無法冷酷地容許一切了。換句話說，我們會一再寬容那些其實不可饒恕的人事物。世界上能容許的事非常少，例如大海……」

「或是船之類的。」

小登接著說。

「沒錯。是絕無僅有的。那些極少數的東西要是謀反，我們就等於被恩將仇報了。那是對我們特權的侮辱。」

「但目前無止我們什麼也沒做。」

一號插嘴。

「可是不會永遠沒有行動。」老大用他爽朗的聲音，機敏地應答。「這個叫做塚崎龍二的男人對我們並沒有什麼意義，卻是三號重要的人。至少，在三號眼裡似乎有過功勞，也就是在他身上看過我常說的世界內在關聯的光輝。可惜他後來狠狠地背叛了三號，變成父親這個世上最可恨的角色。這是十惡不赦的事，比一開始就沒起任何作用還糟糕得多。

「就像我再三告訴你們的，世界由單純的符號與決定所建構。龍二或許不知道自己是個符號，但至少根據三號的說法，他應該算是符號之一。

「大家懂我們的義務吧？就是要全力把脫落的齒輪裝回去，不然無法維持世界秩序。我們知道世界是空洞的，重要的是竭盡所能地維持那個空洞的秩序。畢竟我們是這項任務的守護者，也是執行者。」

他更明快地說：

「沒辦法，就處決他吧。這終究也是為了他好……三號，你還記得嗎？我在山下碼頭說過，只有一個方法能再次把他變成英雄，而且很快就能告訴你們是什麼方法了。」

「記得。」

小登壓住自己輕顫的腿回答。

「現在時機已經到了。」

老大以外的五個人聽了都面面相覷，沉默不語。因為明白老大要說的事非同小可。

他們望著夕照漸濃的空盪盪的泳池。幾條白色條紋劃過剝落的藍色池底，落葉乾巴巴地堆積在角落。

此時感覺泳池深得駭人，底部藍而稀薄的陰暗讓它愈看愈深。跳下去也沒有任何東西接住身體的實感，不斷為淨空的泳池醞釀出緊張的氛圍。那個夏日，可承接游泳選手，讓肉體深深沉進泳池的水已經沒了，像這樣僅以水和夏日紀念碑的形式繼續存在的乾涸之處是極其危險的。泳池邊往下，距離底部很高之處就突然斷掉的藍色鐵梯……

真的沒有任何能支撐身體的東西！

「明天也兩點放學，先把那個男的騙來這裡，再一起帶去我們在杉田的旱塢[10]。三號，你的任務就是巧妙地引他出來。

「現在我要開始指示每個人自備的東西了。不要忘記。我會帶安眠藥和手術刀。力氣那麼大的男人，不先讓他睡著無法下手。我家有德國製安眠藥，一般人的劑量是一到三顆，讓他服用七顆肯定睡死。我會先磨成粉，比較容易溶在紅茶裡。

「一號帶登山用麻繩，零點五公分粗、一點八公尺長的那種。一、二、三、四……嗯，這樣吧，多準備一點，帶五條來好了。

「二號把熱紅茶裝進保溫瓶，藏在包包裡帶來。

「三號負責騙他出來，所以不必準備任何東西。

「四號帶砂糖、茶匙、我們的紙杯，還有要讓他用的深色塑膠杯。

10 修船用的船塢，是一種修復船隻的設施。

「五號帶蒙眼用的布條和塞嘴巴的手帕來。

「然後再把你們各自愛用的利器帶來就行了。小刀、錐子，什麼都可以，喜歡的就好。

「至於要領，之前殺貓時已經練習過了，都一樣，不用擔心。頂多比貓大一點，然後臭一點吧。」

眾人聽了鴉雀無聲，目光落在空洞的泳池上。

「一號，怕了嗎？」

一號艱難地搖頭。

「二號，你呢？」

二號看起來很冷，雙手插進外套口袋。

「三號，你怎麼了？」

小登呼吸急促，嘴裡像被人塞滿了枯草，乾得無法回答。

「哼！我就知道。平時那麼會吹牛，事到臨頭，一點膽子也沒有。還好我把這個帶來了，放心吧！」

老大一邊說，一邊從自己的包包裡拿出白樺色封面的六法全書，俐落地翻到他要的頁面。

「行嗎？我要唸了，聽好囉！

「刑法第四十一條，未滿十四歲者之行為不予懲處。

「再大聲唸一遍喔！未滿十四歲者之行為不予懲處。」

他讓五個少年輪流讀過六法全書這頁，繼續說：

「這是我們的父親以及他們信任的空洞社會為我們定下的法律。這一點，應該感謝他們。這是大人對我們懷抱的夢想，也是他們無法實現的願望。大人已經把自己五花大綁，拿我們沒辦法了。多虧了他們的疏忽，我們還有機會瞥見一小片藍天，得到一小塊絕對的自由。那是大人們創作的童話，但，還真是危險的童話呢。不管那麼多了。總之，目前為止我們還是可愛、弱小、無罪的兒童。

「我們之中，下個月將滿十四歲的，是我和一號還有三號對吧。剩下的三個，三月也要滿十四了。想想看，對我們全部人來說，現在都是最後的機會。」

老大眼光一掃，發現眾人緊繃的表情放鬆了些，恐懼之情正在淡化。此時，每人終於發現自己一直活在外在的虛構社會那厚實而溫暖的對待，以及敵人的保護傘下。

小登抬頭看天空。藍天漸退，暮色將至。假如龍二在英雄般痛苦死去的過程中也看得見這片神聖的藍天，那麼，把他的眼睛蒙上未免太可惜了。

「這是我們最後的機會。」老大重複如此宣言。「要是錯過了，以後沒有拿命來換的心理準備，就無得到人類最高的自由，以及填補世界空虛不可或缺的東西。問題是，要叫身為死刑執行者的我們賭上自己的性命，完全不合邏輯。

「萬一錯過這次，我們這輩子再也無法偷竊，殺人或做其他能證明人類自由的行為了。只會在敷衍塞責，逢迎諂媚，造謠中傷，唯唯諾諾，妥協退讓和恐懼擔憂中顫抖度日，在意著鄰居的眼光，過著有如鼠輩的一生。我們會結婚生子，最後變成父親這種世上最醜陋的角色。

「所以流血是必要的！人類的血！否則，這空洞的世界終將因蒼白而萎靡乾枯。我們必須絞盡那男人沸騰的熱血，為即將毀滅的宇宙、死去的天空、滅絕的森林和崩壞的大地注入新血！

「現在！現在！就是現在！乾船塢四周挖土機的造地工程一個月後就完工了。到時那裡將人滿為患，而且我們馬上就要滿十四歲了。」

仰望著被常磐樹梢黑影包圍的水藍色天空，老大說：

「明天應該會是好天氣吧！」

第七章

一月二十二日上午，房子和龍二一起去拜訪橫濱市長，請他擔任婚禮的媒人。對方欣然同意了。

從市政府回家途中，順道去伊勢佐木町的百貨公司訂製喜帖。舉行婚宴的格蘭飯店，之前已經預訂好了。

提早用過午餐，兩人回到店裡。

下午，龍二因上午提及之事早退。因為今晨抵達高島碼頭的貨輪上，有位商船高校時期的同學，如今已是一等航海員了，唯有這時間才能去和他見面。

而且龍二不想穿這麼正式的英國西服赴約，他無意在婚禮前，向朋友炫耀自身環境的巨烈變化。

他說要先回家一趟，換了船員服再去。

「你該不會就這樣上船，一去不回吧。」

房子笑著送他出門。

——昨晚小登以請教數學為由，慎重把他叫進房裡，拜託他以下之事。而龍二也逐一忠實履行。

「爸爸，我跟你說，明天，我朋友想聽你說航海的事。兩點多下課後，大家會在游泳池上的山丘等你。他們真的很想聽，所以你一定要來說給他們聽喔。你要穿上原本的船員服，戴上船員帽來。而且絕對不要告訴媽媽。你就編個理由，說要和船員朋友見面什麼的，從店裡溜出來好嗎？」

這是小登第一次向他撒嬌，打開心房拜託他，因此，龍二小心不要辜負了少年的信任。這是父親的義務，就算後來被發現，也只會一笑置之吧。於是他又編了個煞有介事的理由，提早離開店裡。

午後兩點剛過，龍二來到泳池旁的山坡，坐在橡樹根下等，不一會兒，少年們出現了。其中一個看來特別伶俐，長了一副柳葉眉的紅唇少年，向特地前來的他殷勤道謝，說：難得有機會聽您講述航海經歷，在這裡不好，請和我們一起去乾船塢吧。龍二想大概也只是海港附近，就答應了。少年們搶了他的船員帽輪流戴上，一路上打打鬧鬧。

那是個暖陽和煦的隆冬午後。日蔭處固然凜冽，但在穿透薄雲的日照下並不需要穿外套。身著灰色高領毛衣，頭戴船員帽的龍二把短外套掛在手腕上，包含小登在內的幾個少年各自提著波士頓包，一路蹦蹦跳跳，或前或後地走在他身旁。以現今的標準來看，這幾個孩子的身形都略嫌瘦小，龍二覺得他們就像六隻小小的拖曳船，不知如何拖曳一艘巨大的貨輪。他並未發現少年們的一路喧鬧中，似乎隱含某種狂躁的不安。

柳葉眉少年告訴龍二接下來要搭市營電車。他聽了有些意外，但仍跟著前行，他充分了解這年紀的孩子特別在意故事的場景。直到橫濱南郊磯子區的終點站杉田站他們才下車。

「到底要去哪裡呀？」

龍二多次饒富興味地問。但既然都奉陪到此了，無論如何也不能露出不悅的表情。

他一直暗中觀察小登，並小心不讓他發現。這是第一次看見他愉快地融入伙伴之中，眼神也不像平日那樣銳利，充滿詰問了。看著看著，小登與其他少年的界線變得模糊，就像看著射入電車車窗的冬陽下，發出七彩光束盤旋飛舞的塵埃微粒，好幾次都把其他孩子誤以為小登，甚至混同為一。因為這實在不像那個有著偷窺癖，與其他小孩大相逕庭的、孤獨的少年。

龍二大費周章地撥出半天時間，恢復原本身分回應小登的請求，就算得到的只是這麼一點點效果，也已經值得了。他從一個父親的道德與教育角度看待此事。但凡書本和雜誌都是這麼寫的。他將此次遠行視為小登主動伸出善意之手，藉以穩固彼此關係的絕佳良機。能讓原本的陌生人，融入血親也難以企及的、溫馨而深厚的父子關係中。想來自己若早在二十歲就生育，要當小登的父親一點也不奇怪。

在終點的杉田站下車後，少年們繼續拖著龍二往深山斜坡走去。這時，龍二又好奇地問了一下。

「喂！乾船塢在山上嗎？」

「對啊！在東京，地鐵不都是從頭頂上穿過的嘛！」

「我可服了你們啦。」

龍二露出認輸的表情，少年們聽了得意地笑個不停。

眾人沿著青砥的山路進入金澤區。冬日午後的天空，被繁瑣的絕緣礙子和電線切割開。他們經過發電所前，進入富岡隧道。出了隧道，右邊是沿著山勢運行的京濱快速電車鐵道。左邊整片山丘新開闢的分售地，在陽光下顯得特別耀眼。

「快到了。要從那些分售地之間往上走。這一帶原本是美軍用地。」[11]

才一會兒功夫，看似領導著的少年連遣詞用句也變粗魯了，說完，他又率先前行。

斜坡上的分售地已整地完成，防止土堤崩塌的石柵欄和道路也已完工。興建中的房子不只兩三戶。圍在龍二身邊的六個人，筆直登上其間的坡道。

快到山頂時，道路突然消失，眼前展開的是幾段未經整理，高低錯落的草地。從山丘下往上看時明明又直又整齊的道路，從某一點開始，卻如幻術般，突然消失在荒煙漫草之中，令人不可置信。

更詭異的是，四周竟沒半個人影。聽起來像挖土機的低吟，不斷從丘陵頂端的對面傳來。熙來攘往的車聲，從遠在山腳下的富岡隧道騰空而上。相互傾軋的機械聲雖填補了杳無人煙，寬闊無邊的景致，卻也更添落寞寂寥之感。

枯草地上處處打著木樁，泰半都已腐朽。

橫越過草地。落葉滿地的小徑通往山丘的背脊。右方，被鐵絲網纏繞的生鏽鐵桶淹沒在草叢裡，寫著英文的白鐵皮告示牌斜立著，上面一個個釘痕，露出紅色的鐵鏽。龍二停下腳步，端看上面的文字。

U.S. FORCES INST ALLATION
UNAUTHORIZED ENTRY IS PROHIBITED AND
IS PUNISHABLE UNDER JAPANESE LAW……

---

11 老大講這段話，使用的是常體而非敬體。

「什麼叫做PUNISHABLE?」

問問題的又是那個看來頗有領導風範的少年。龍二不大喜歡他，提問的剎那眼裡閃過一道光芒，感覺是在明知故問。龍二還是故作和藹地回答。

「就是會受罰的意思。」

「是喔?但現在已不是美軍用地了，要做什麼都可以吧。」如同放開手中氣球冉冉升空，他片刻前還饒富興味的事隨即就忘了，忽然「啊」地一聲:「已經到山頂了!」

龍二大開眼界:廣闊無邊的景色在斜坡小徑的盡頭驟然展現。

「哇!你們還真找了個好地方吔。」

景觀面向東北方的大海。腳下的左邊是沿著懸崖往下的巨大紅土坡，幾臺挖土機在作業，砂石車正運送著砂土。從這邊看去顯得很小的砂石車低吟著，不斷震動四周的空氣。再往下的工業試驗所、航空公司排列整齊的灰色屋頂、中央事務所水泥前庭的環形車道上小小的松樹植栽等，都在接受日光浴。

包圍工廠的鄉間屋舍櫛比鱗次。微弱日照的細膩光影，反而為高低不一的屋頂精細暈染了不同的顏色，也為眾多的工場勾勒出排列整齊的陰影。此外，在稀薄煙霧的景致下閃耀貝殼光澤的，是往來汽車的擋風玻璃。

愈靠近大海愈分不出景色的遠近，但卻加深了獨特的、鏽蝕的、悲涼的、錯縱複雜的感覺。赤鏽色的機械被隨意棄置著，紅色起重機在它對面慢慢抬起頭來。再過去就是大海了，白色的石頭防波堤非常醒目，填海工程的盡頭停靠著綠漆剝落的疏濬船，船上還冒著黑煙。

龍二感覺自己很久沒有看海了。明明每天都能從房子的臥室看見，近來卻已久不倚窗凝望。洋面上漂浮著珍珠色的雲朵，那投影為春日尚遠的紫茄色海面帶來淡淡的白，更添寒意。其他地方沒有一絲雲彩。午後三點，愈往天空的盡頭看去顏色就愈淡，最後只剩褪色的，幽怨的藍。

濃淡相間的黃褐色汙水，如巨大的網，從髒污的岸邊向洋面上排出。海岸附近船影寥寥。幾艘貨輪航行在遠遠的海上，看得出都是又小又舊，僅約三千噸的船。

「我以前待的船，可不是那種小的船唷！」

龍二說。

「是一萬噸的對吧。」

一直沉默寡言的小登回應。

「過來這裡。」

少年領導者拉著龍二手肘上的外套往前走。

一行人繼續走下一小段被落葉掩埋的小徑。這附近被奇蹟似地保留了下來，從四周破壞的情況來看，唯有此處原封不動保存著昔日山頂的風貌。

林蔭繁茂的山頂包圍著西側，幾塊錯綜複雜的斜坡相連，一排常綠冬樹遮蔽了東邊吹來的海風，接著是一片凌亂的冬菜園。小徑周圍的灌木叢被枯萎的蔓草纏繞，藤蔓尾端掛著一顆乾癟的紅色王瓜。西斜的太陽一照下來就被擋住了，只見幾絲光影搖曳在枯竹葉末梢上。

龍二記得年幼時也有過類似體驗，但少年們這年紀就有本事找到如此稀有的地方，還把它變成自己的祕密基地，令他刮目相看。

「是誰找到這裡的？」

「是我。我家就在杉田，上學會經過這一帶。我找到後就告訴大家。」

一個幾乎尚未和龍二交談的少年說道。

「乾船塢在哪兒？」

「就在這裡呀！」

看似老大的少年，站在山頂低矮的崖邊，一個日蔭處的小山洞前，微笑指著洞口說。龍二覺得那微笑有如玻璃工藝，既脆弱又危險，而且說不出為何會有這種感覺。少年像一條滑溜的小魚，長睫毛下的眼睛巧妙地從龍二身上移開，繼續說明：

「這裡就是我們的乾船塢；山上的乾船塢。我們在這裡修復破舊的船隻，或拆解後重新組裝。」

「真的嗎？把船拖來這裡很不簡單！」

「很簡單呀。輕而易舉。」

少年又露出那美得過火的微笑。

接著，七人選了洞穴前有些綠草的空地落坐。一進入日蔭處便覺陰冷異常。海上襲來的微風也冷得刺骨。龍二穿上外套，盤腿而坐。才剛坐下，暫歇的挖土機和水泥車的轟隆巨響又傳入耳際。

「有人搭過巨輪嗎？」龍二刻意爽朗地問道。

少年們相視無言。

「說到船，最痛苦的就是暈船了。」沒人回應，龍二只好自顧自地說起來。

「船員最受不了的就是這種罪。還有人因為無法忍受暈船之苦，跑第一趟就放棄了。船體愈大愈晃，顛簸愈厲害，船上又有各種奇怪難聞的氣味，像油漆、機油、廚房油煙等等……」

發現暈船的話題引不起興趣，沒辦法，龍二只好開始唱歌。

「聽過這首歌嗎?——

汽笛鳴響,切斷束帶

輪船駛出了港口

我天生是海上男兒

向遠去的海街

輕輕揮手,熱淚盈眶」

同伴開始推擠,笑鬧。小登受不了這種屈辱,霍然起身,不再理會龍二的談話,一把摘下他的船員帽當玩具玩。

那個蔥臺狀的大徽章,中央是個鐵錨,被細緻的金絲鎖鏈纏繞。鑲金邊的月桂葉上點綴若干銀絲線果實,從左右兩側莊重地相擁著。金絲緞在徽章上下,如繩索般流暢地交纏。黑色的帽簷在午後的天空下發出抑鬱的光芒。

確實,過去正是這頂帽子,在夏日餘暉中乘著大海航向遠方!那是別離與未知的光榮象徵。藉由它的遠去,從存在的束縛中解放,驕傲地變成邁向永恆的火炬。

「第一次出海是去香港……」

龍二展開這個話題,發現聽眾似乎開始認真聽了。

他說了初次航海的各種體驗：失敗、困惑、憧憬和恐懼……又聊到世界各地的航海趣聞：停泊在蘇伊士運河入口的蘇伊士港時，一根繫船用的纜繩竟神不知鬼不覺地被偷了。諳日語的值班人員和亞歷山大港船上的商販勾結，向船員強迫推銷各種無聊的商品（基於教育考量，龍二不詳述商品品項）。還有，在澳洲新堡港將煤炭裝船後旋即駛向雪梨，雖然只有值一個班的航行時間，卻得善後一切，並預備好下一趟航程的裝卸工作，忙得不可開交。不定期船的情況大致如此，上面裝的全是原物料與礦石，因此，每當在南美航線上，和聯合果品公司[12]的船隻相遇時，總會聞到堆滿船艙口的南國水果飄來馥郁的香氣……

——說到一半，龍二發現少年領導著不知何時已脫掉之前戴的皮手套了，現正換上長至手肘的橡膠手套。他把一根根手指咯吱咯吱地伸進去，還幾次神經質地用力交叉手指，以便服貼地戴到底部。

龍二沒有制止他。教室裡聰明又容易無聊的少年，總會有些奇矯、無甚意義的舉動。龍二發現自己愈說愈受回憶的觸發，然後看向只剩下一條線的大海彼方。

12 United Fruit Company，（一八九九年—一九七〇年）美國公司，現已改名為金吉達品牌國際公司。主要收購第三世界國家種植園的熱帶水果（特別是香蕉和鳳梨）銷往美國和歐洲。

此時，一艘冒著黑煙的小貨船駛過海平面漸漸遠去。龍二心想，自己原本也能搭上那艘船的。

和少年們聊著聊著，他終於了解自己在小登心中所描繪的形象了。「我本來能永遠扮演那個遠行者的角色。」明明是因為厭倦已極才放棄的，如今，自己放棄的東西的意義，又一點一滴在心中甦醒。

那蘊含在潮汐裡的抑鬱情感，洶湧而至的海嘯呼聲，高高疊起又破碎的浪濤的挫折……未知的榮光在黑暗的海上不斷召喚著他，為他量身打造獨特的命運，例如死亡，以及和女人的邂逅。二十歲時，他頑強地相信世界的陰暗深處透出一絲光芒；那是為他特預備的光，為了照亮他而靠近。

在夢想中，光榮、死亡與女人是永遠的三位一體。然而，當他得到女人，其他兩者卻向大海的彼方遠去了，就像那鯨魚悲愴的咆嘯，已不再呼喚他的名。現在，龍二覺得並非拒絕了什麼，自己才是被拒絕了的那個。

即使到目前為止，火爐般熾熱燃燒的世界也不曾屬於他，仍感覺得到在令人懷念的熱帶椰林下，太陽緊貼著他的側腹，要用銳利的牙齒啃碎它。如今只剩褪熱的感覺了，因為平和的、穩定的日子已然開始。

甚至連危險的死亡也已將他拒於門外。光榮當然也是。感情的爛醉，通體的悲哀，燦爛的別離，南國太陽的別名——大義的呼喚，女人們堅毅的淚水，無時無刻不凌遲內心的、陰暗的憧憬，逼他成為極致男子漢的、沉重而甜美的力量……這一切的一切都結束了。

「要喝紅茶嗎？」

領導者站在身後問道，聲線高昂而澄澈。

「嗯。」

龍二回答。沉浸在自己的思緒裡，沒有回頭。

還想起各個停泊過的島嶼；南太平洋的法屬馬卡太阿島[13]、新喀里多尼亞[14]、馬來亞附近的島嶼和西印度群島諸國。

焦灼的憂愁和倦怠湧起，禿鷹與鸚鵡充斥，隨處可見的椰子樹！帝王椰、孔雀椰。死亡從閃閃發光的大海中，如積雨雲般擴展、延伸，蜂擁而至。夢想著在萬人眼前莊嚴且壯烈死

13　馬卡泰阿島（Makatea）：南太平洋法屬玻里尼西亞的環礁，屬於土阿莫土群島的一部分，位於倫吉拉環礁西南七十九公里，長七點五公里、寬七公里，面積二十四平方公里。

14　新喀里多尼亞（Nouvelle-Calédonie）：南回歸線附近，主要由新喀里多尼亞島和洛亞蒂群島組成，為法國的海外屬地之一。

去的機會已永遠失去了。若世界原本就是為了這光輝燦爛的死亡而準備的，那麼，世界若同時為此滅亡，也沒什麼不可思議。

鮮血般溫暖的環礁內海潮、如黃銅喇叭聲響徹雲霄的熱帶太陽、五色之海、鯊魚……

龍二幾乎就要後悔了。

「喏，紅茶。」

站在身後的小登，從龍二的臉頰旁遞出一個褐色的塑膠杯。他心不在焉地接下，注意到小登的手，或許因為天冷而微微顫抖。

龍二仍沉浸在自己的夢幻心緒裡，一口氣喝光了微溫的紅茶。喝下去才發現非常苦。但誰都知道，光榮的滋味本來就是苦澀的。

解說

但願顫慄：《午後的曳航》的反執迷美學

張亦絢

房子是小說中寡母的名字；小登是她十三歲的船隻控兒子。為了滿足兒子的嗜好，房子帶小登上船，邂逅了二等航海員龍二。房子與龍二經過分離後再聚，決定成婚。小登與五個同齡少男共六人，拐騙龍二，在紅茶中下藥將他迷昏，打算虐殺他至死。以上是《午後的曳航》的梗概──「六名少男同殺一個男人」──夠煽情與血腥了吧？然而，梗概不等於小說，真正的「事件」還在別處。這七個人同處一室時，立刻讓我想到七矮人，龍二則好像他們的「白雪公主」──為了殺龍二，必須找出與他親密的藉口，這倒不難，因為龍二是個「有夢」的男人……

包法利夫人的復活

讀《午後的曳航》（一九六三）時，有種爽快感，很接近面對葛飾北齋的〈神奈川沖浪〉裡，每個浪花都像星星閃你，也像小爪勾你。每句都靜止，每句也大動。三島的《性命出售》就有黑色幽默，但他在《午後的曳航》中充滿使命感地激烈搞笑，又冷又準又有深意，還是使我吃驚。

很難不將《午後的曳航》與大江健三郎的〈十七歲〉（一九六一）比較——據說三島曾預言是大江而非他本人，會得到諾貝爾文學獎，咸信兩個作家會密切觀察彼此。〈十七歲〉的結尾是在「數月間從左派飆到極右派」的十七歲少年如此自述：「我對著黃金的幻影立誓，我要趕盡殺絕。我是唯一有至高幸福的十七歲少年。」——不久前，少年還在為性器長相與自瀆恐慌，翻臉就成喊打喊殺的「至高幸福者」，真令我們「想笑但又笑不出來」。〈十七歲〉發表後，大江的性命受到極右派的威脅。從表面看，寫少年藉政治暴力轉移性困窘，是對右派不留情的揭發，但大江處理「性存在的寂寞」，悲憫是更普世的。《午後的曳航》中的一個切點可以看作：同樣的「性寂寞」若在十三歲，又會是什麼樣子呢？

當我讀到六個小鬼聚著談論，「生殖器的目的是為了和銀河系宇宙性交」——簡直像聽到兩篇小說的「狂聲」在二重唱。《午後的曳航》中，性驅力還未非常猛爆，少年還有前青春期荷爾蒙未發威的驕傲記憶——如果「童身」可以持續，就有理鄙薄屈服性行為的成人——但這太不確定，少男想控制一切，但不能控制發育。

從性的角度，三島挖到礦脈中更易被我們遺忘的深處。一方面，三島不吝惜地讓人物浮沉在幻想中；另一方面，現實總迅雷不及掩耳到來：小登在路上偶遇龍二，龍二說自己身上濕的原因是讓噴水池噴的，下接小登心語：「他應該要說『剛才救了一個跳海的女人。這已是第三次穿衣服下水了。』」從小登一開始幻想自己可能被燒死，就充滿「真知灼見」：安全、管教與文化若是錯的，一樣可致命，這是少男不管三七二十一，都要先抵抗了再說的根源。

小登是真為龍二的「平凡氣概」忿恨動怒——不好理解嗎？文學史裡有個前導人物很有幫助，那就是福樓拜的《包法利夫人》。

幻想就是人之本

都說包法利夫人是受劣質愛情小說的影響。但在三島筆下，幻想不特屬女人，也不全是文化操弄結果，更接近人的本來面貌。幻想不是逃避現實，幻想根本就是現實。就是人之本。

非常可能無法被三島同代人破譯的，是三島將「兩性刻板氣質迷思」也做了顛覆——他的手法細膩，絕非「鬍子女人加東方不敗」式的倒轉，那麼他是怎麼寫的呢？概括來說，三島讓我們看到「所謂性別，乃在妄想方向的不同。」——在《午後的曳航》中，這個角度的書寫可說出神入化，精采絕倫。

房子的妄想較不被凸顯的，但她也妄想。「我高人一等，所以不會有錯。」就是她的妄想，但這與還找徵信社調查龍二矛盾。少男們的妄想比較明朗，「我們是冷酷天才、世界主宰與救星」——乍看是自我中心的熱病，但它一延伸也是「他人的愚蠢與無價值」，在男子菁英教育裡，難道不曾埋下呼應此種「精神」的種籽嗎？

三島在暴露少男妄想時，最了不起的就是，把他們的妄想與稚嫩的現實一再進行俐落的剪接，比如，少男們的妄想是，龍二必定會「啃光」房子，騙她遺棄她——他們爭辯這算不算是「英雄幹了大事」——認為這是「大事業」的少男道，如果是我們，我們就辦不到啊！

導演荷索曾藉一個「文明局外人」之口表示：原來只要學會歧視女人，就證明我是文明人了[1]。三島寫少男豔羨「劫掠母親的強盜」，也有異曲同工之妙——但別太快以為，在此擊節只是基於一種女性主義式的斬獲——因為，對自己是母親的吸血謀殺者的罪疚妄想，無論有沒有分娩危險的元素，恐怕都會殘存在人們的無意識當中。這個大題目，此處不便深論——讓我們特別注意三島如何揭露「男子氣概等於使女人不幸的施虐力」這等荒謬又隨處可見的「性別沉默信仰」。

小說中的妄想，都不是「我是上帝的腳趾頭」這類怪異的聲明，而是日常的「偏見／常識」，還常給人一種「無害性」的感覺——也就是說，它更像我在前述的修辭「有夢」——三島的立場非常有意思。他對「有夢」抱有混合了中性、溫柔與警醒的態度。擺脫幻想是可能的，但這種能力不假外求，就在幻想者本人身上。只要「誠實、接受肉體與注意細節」就足以讓「可能僵固為妄想的幻想」不變成強迫性的執迷——這就是龍二這個人物在小說中逐步演進的角色。

當龍二跟著房子一起為分離落淚時，龍二也就是接受了肉體性，而抗拒了幻想中的施虐角色。在與房子交往時，龍二一度苦惱不能與房子溝通他的「大海男兒夢」，而認為「只能將房子視為肉體」——單看這一句，很容易以為這就是「將女人降低為無靈魂的肉體」，但以小說整體來看，肉體性是在幻想性的對立面，這裡詞語的貶謫反而接近無賴派「墮落到底

1《賈斯柏荷西之謎》（一九七四）。

才是人」的意味。

願我們都能顫慄下去

軟性綁架龍二是《午後的曳航》中，輝煌無比的末章。小登叮囑龍二注意服飾，龍二相當於他們的男（洋）娃娃。龍二在他們的包圍之下，是作為無肉體性的存在。這發生在小登偷窺「漏光」被抓之後——縮在抽屜中觀看，令人想到「我在子宮中也能見」的古老幻想。

小登在抽屜中睡著，也表示他退回胎兒的睡眠慾，遠比偷窺慾強大。意識面在後續所有的連鎖行動中將全部退位，全讓幻夢主導。雖然沒有出現「自殺」二字，龍二被少男激起對「光榮幻夢」的鄉愁，顯示「殺戮」不只在刀劍，也在龍二幻想中的自戕願望中。儘管龍二意識層面一再出現「為女人死」，卻在最後表現成「為少男們亡」——在集體弒父的場景中，龍二終究以自盡之夢而成為同謀——兩造是以各自的夢交會，這當然帶來豐富的討論空間。

在一本談論巴哈的書中，曾這麼說：「死把別的死消滅。」什麼是《午後的曳航》中的「別的死」呢？在這本靜靜悄悄驚世駭俗的小說中，可說是最值得反覆推敲的謎題。

《午後的曳航》看似是一個執迷全勝的故事，但矛盾的是，小說技巧留下的卻是反執迷的巨量遺產。小登遞紅茶的手畢竟發抖了，是否也可說少男們「冷如鐵之夢」也盡皆敗北？或許三島寄望的，是以龍二之死，贖回小登等人的肉體性也不一定。

有顫慄就有希望，因為這裡有肉體。但願我們也都能隨小說，顫慄下去。

作者簡介

張亦絢

一九七三年出生於臺北木柵。巴黎第三大學電影及視聽研究所碩士。早期作品，曾入選同志文學選與臺灣文學選。另著有《我們沿河冒險》（國片優良劇本佳作）、《小道消息》、《晚間娛樂：推理不必入門書》，長篇小說《愛的不久時：南特／巴黎回憶錄》（臺北國際書展大賞入圍）、《永別書：在我不在的時代》（臺北國際書展大賞入圍）。

網站：nathaliechang.wixsite.com/nathaliechang

三島由紀夫文集

午後的曳航

作者	三島由紀夫（みしまゆきお）
譯者	徐雪蓉
社長	陳蕙慧
副社長	陳瀅如
總編輯	戴偉傑
責任編輯	鄭琬融
特約編輯	謝晴
設計	謝佳穎
行銷企劃	李逸文、尹子麟
電腦排版	極翔企業有限公司

出版	木馬文化事業股份有限公司
發行	遠足文化事業股份有限公司（讀書共和國出版集團） 地址 231新北市新店區民權路108-3號8樓 電話 02-2218-1417 傳真 02-2218-0727 email: service@bookrep.com.tw 郵撥帳號 19588272 木馬文化事業股份有限公司 客服專線 0800221029
法律顧問	華洋法律事務所 蘇文生 律師
印刷	成陽印刷股份有限公司
初版一刷	2019年11月　　初版二刷　2023年8月
定價	新臺幣280元

ISBN 978-986-359-720-9

國家圖書館出版品預行編目(CIP)資料

午後的曳航 / 三島由紀夫作；徐雪蓉譯. --
初版. -- 新北市：木馬文化出版：遠足文化發行, 2019.11
面；　公分. --（三島由紀夫文集）
ISBN 978-986-359-720-9（平裝）

861.57　　108016018